# LES GAVOTS

## ET

# LES DEVOIRANTS

OU

## LA RÉCONCILIATION DES COMPAGNONS

PIÈCE EN CINQ ACTES

### Par AGRICOL PERDIGUIER

Compagnon Menuisier.

**Prix: 60 centimes.**

## PARIS

AGRICOL PERDIGUIER, LIBRAIRE-ÉDITEUR
38, RUE TRAVERSIÈRE-SAINT-ANTOINE.

—

## 1862

# LES GAVOTS

## ET

# LES DEVOIRANTS

ou

## LA RÉCONCILIATION DES COMPAGNONS

PIÈCE EN CINQ ACTES

 Par AGRICOL PERDIGUIER

Compagnon Menuisier.

- - - -

PARIS

AGRICOL PERDIGUIER, LIBRAIRE-ÉDITEUR

38, RUE TRAVERSIÈRE-SAINT-ANTOINE.

—

1862.

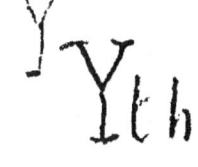

# LES GAVOTS ET LES DÉVOIRANTS

ou

## LA RÉCONCILIATION DES COMPAGNONS

PIÈCE EN CINQ ACTES.

# PERSONNAGES.

BERNARD, menuisier, ancien compagnon du Devoir de Liberté, ou gavot, père de Jules et de Rose.

JAILLET, menuisier, ancien compagnon du Devoir, ou devoirant, père de Pierre et de Louise.

JULES, dit Bordelais-l'Ami-du-Trait, fils de Bernard.

PIERRE, dit Pierre-le-Bordelais, fils de Jaillet.

ROSE, fille de Bernard.

LOUISE, fille de Jaillet.

Mme BERNARD. — Mme JAILLET.

LAMICHE, ouvrier menuisier.

PICARD, ouvrier menuisier chez M. Bernard.

JEANNETTE, servante chez M. Jaillet.

TULLE-LA-RIGUEUR, compagnon gavot.

Le 1er COMPAGNON des gavots menuisiers.

Le 1er ANCIEN des gavots.

Le 1er EN VILLE des Devoirants menuisiers.

Un COMPAGNON du Devoir.

Le BON CHANTEUR. — Autre CHANTEUR.

LA FRANCHISE-DE-GRENOBLE, tailleur de pierre.

BOIT-SANS-SOIF, FRAPPE-D'ABORD, devoirants.

BRAS-DE-FER, gavot; L'INTRÉPIDE, étranger.

TROIS INDIVIDUS mal famés.

Compagnons menuisiers, tailleurs de pierre, charpentiers, chapeliers, teinturiers, de tous les corps. Affiliés, Aspirants, jeunes gens, public.

*La scène est dans un faubourg de Bordeaux.*

## Note relative aux Personnages.

BERNARD, 67 ans, barbe grise, longs cheveux blancs; — JAILLET, 66 ans, favoris et collier grisonnants; — JULES, 25 ans, petite moustache, mouche; — PIERRE, 26 ans, favoris et moustache; — ROSE, 22 ans; — LOUISE, 21 ans; — LAMICHE, 45 ans, simple de mise, de l'entrain, débit vif et facile; — PICARD, 28 ans, joufflu, grêlé, cheveux coupés ras, patelin, air bête et rusé, un tic. Charger ce rôle; — JEANNETTE, 26 ans, l'accent bordelais; — TULLE-LA-RIGUEUR, 40 ans, barbe noire, large et courte, colère, ton brusque; — LA FRANCHISE-DE-GRENOBLE, 35 ans, voix forte, ton élevé, énergique et convaincu; — le 1er COMPAGNON, 26 ans, le 1er EN VILLE, 30 ans, les autres Compagnons d'âges divers, mais généralement jeunes, tous bonne tenue; en casquette dans aucun cas, à l'exception de ceux des scènes grotesques, que l'on peut figurer dans le plus grand négligé, même quelques-uns en tablier de travail et en bras de chemise. Pour le port des couleurs et des cannes se renseigner sur le *Compagnonnage illustré*, formant 4 planches. — Au 1er acte tous en négligé, Picard en tablier et gilet à manches, Jeannette coiffée d'un foulard, Lamiche en veste ronde et tête nue, les deux vieillards en larges paletots de couleurs différentes, Jules et Pierre en petits paletots boutonnés jusqu'au menton, chapeaux couverts d'une toile cirée, gourdes au côté suspendues à un cordon rouge, paquet sur l'épaule au bout d'une canne. Dans les actes suivants la mise et le ton toujours en rapport avec les situations; de l'éclat à la fin de la pièce. Consulter pour les dernières scènes la *Réconciliation des compagnons*, lithographie imprimée en même temps que cette pièce.

# ACTE PREMIER.

Une place traversée par une route. Une allée, des arbres, un ruisseau, la campagne en face. Un coteau à gauche dans le fond. A droite, quelques maisonnettes; plus un cabaret sur le devant, si la fin du second acte est maintenue. Supposer la maison Bernard à droite, la maison Jaillet à gauche, les mères des compagnons au fond, ce qui aidera à régler les entrées et les sorties.

Toute l'action visible a lieu sur la même place; point de changement. S'il plaisait un jour à un directeur de théâtre dans des villes telles que Bordeaux, Nantes, Lyon, Marseille, où les compagnons sont si nombreux, de la représenter, il n'aurait aucuns frais de décors à faire, ce qui m'a paru devoir mériter attention.

## SCÈNE PREMIÈRE.

### PICARD, JEANNETTE.

PICARD. —Que je suis heureux de te voir, Jeannette. Et toi?

JEANNETTE. — Est-ce que cela se demande, Picard? Mais écoute: Tu promets toujours, le temps s'envole, et je ne suis point rassurée. Comprends-tu cela?

PICARD. — Non, regarde ce physique. (Il se caresse le menton.) A-t-il l'air trompeur?

JEANNETTE. — C'est que parmi les ouvriers du Tour de France il s'en trouve de peu scrupuleux. J'ai entendu raconter des choses qui font horreur. Il se trouve de jeunes garçons à figures bien honnêtes, bien candides, qui récompensent l'amour et le dévouement par la plus noire ingratitude. Si je voulais entrer dans les détails je n'en finirais plus. Je connais de longues, d'ignobles, de lâches histoires.... Et dire que c'est l'homme fort qui trahit, qui opprime, qui trompe ainsi la pauvre femme... Ça crie vengeance au ciel.

PICARD. — Ne confondons pas, ne confondons pas. Je suis la franchise même. Crois à mes paroles, et bientôt tu rendras justice à mon extrême loyauté.

JEANNETTE. — Allons, tu as ma confiance...

PICARD. — C'est bien dit, et tu fais preuve de bon jugement. Maintenant parlons un peu de mon patron et de ton maître. Ils ne peuvent se souffrir, ils se font des mines... Ça fait trembler.

JEANNETTE. — Hier ils se sont encore querellés ; ils ont manqué se battre.

PICARD. — Mon vieux patron, M. Bernard, est un brave homme, mais il est coiffé de Salomon, il est Gavot (1), compagnon du Devoir de Liberté jusqu'à la cime des cheveux. Ce n'est pas sans peine qu'il m'a admis dans son atelier, moi étranger à tout compagnonnage. Que c'est bête d'avoir des passions. Je suis plus fin que ça. Hé! hé! (Il se gratte la tête et se caresse le menton.)

JEANNETTE. — Et M. Jaillet, n'est-il pas la bonté même ? mais pour maître Jacques il se ferait rompre, brûler, écarteler, écorcher vif.

PICARD. — Tu me donnes la chair de poule.

JEANNETTE. — Il n'en parle jamais sans ôter son chapeau, sans élever ses mains vers le ciel. Rien ne lui paraît beau que sa société ; il est Devoirant (2), compagnon du Devoir dans l'âme et dans les bras, dans le sang

---

(1) Au moment où se fit la grande division du compagnonnage à Orléans, ceux qui se hâtèrent, pressés par la persécution, de traverser ou de rendre la Loire sur des gabords ou gavotages, prirent le nom de Gavots, en souvenir des frêles embarcations qui les avaient sauvés. Avant la scission le compagnonnage accueillait les hommes de toutes les religions. Un honnête homme, un bon ouvrier, on le recevait ; ces deux qualités suffisaient. Les Gavots conservèrent l'ancien principe, restèrent tolérants en matière religieuse, ce qui ne contribua pas peu à les populariser dans le Languedoc, la Provence, le Dauphiné, et surtout dans les contrées montagneuses, pays alpins, pays cévénols, où la persécution promena souvent ses ravages. Les ouvriers de ces contrées se mirent avec eux, voyagèrent avec eux, ce qui leur mérita doublement le titre de gavots. Chacun sait que dans le Midi on appelle Gavots les habitants des montagnes.

(2) Le Devoir, c'est l'ensemble des lois, des mystères, des cérémonies qui constituent une société compagnonnale. Du mot Devoir dérive le mot Devoirant, dont on a fait, par corruption, le mot Dévorant, mot qui prévalut longtemps, et fut même adopté par ceux mêmes à qui il s'appliquait. Un nom effrayant n'est pas toujours nuisible à ceux qui le portent, et il nous serait facile d'en donner des preuves nombreuses. Devoirant est le nom, Dévorant le sobriquet, sobriquet jadis plus en vogue que le nom même. Suivant la situation, je dois employer l'un ou l'autre de ces deux mots.

et dans la moelle, et il ne fait pas bon le contredire
là dessus. Il est d'une brusquerie dont rien n'approche.
Sa femme l'écoute avec respect, avec admiration, en
ouvrant de grands yeux et de grandes oreilles, en pous-
sant des exclamations, des ah! Son mari est son dieu,
dieu un peu mystique, un peu bourru parfois, et qui
n'entend pas raillerie.

PICARD. — Que je te dise. En arrivant dans ce faubourg... eh bien! j'ai voulu m'embaucher chez ce terrible homme... Mais quand il eut appris que maître
Jacques m'était complétement étranger, que je n'étais
l'adepte d'aucun Devoir... il se redressa, me darda des
regards flamboyants et me montra la porte en m'appe-
lant esponton... Juge, malgré mon courage, si je filai
vite. Ho! ho! (Picard se sauve effrayé, Jeannette court après,
le prend par la main et le ramène.)

JEANNETTE. — Qu'as-tu donc ?

PICARD. — Rien, rien... Un éblouissement! Une vi-
sion! Me voilà.

JEANNETTE. — Poltron!... Tu croyais voir M. Jaillet te poursuivre?

PICARD. — Mais non! Mais non!... N'en parlons
plus.

JEANNETTE. — Il te mit donc à la porte ?

PICARD. — Oui, et sans façon.

JEANNETTE. — Il n'en fait pas d'autre, il n'occupe
chez lui que les gens de sa secte.

PICARD. — Et si ceux-là lui faisaient défaut?

JEANNETTE. — Il fermerait boutique.

PICARD. — Bah!

JEANNETTE. — Tu peux m'en croire.

PICARD. — Ce bourru-là a une jeune demoiselle que
l'on dit très-gentille.

JEANNETTE. — Sans doute, mademoiselle Louise est
fort bien.

PICARD. — Et chez nous, mademoiselle Rose!...
Quelle merveille! quel bijou!... Dieu! qu'elle est jolie!

JEANNETTE. — Comme tu dis cela...

PICARD. — Il n'y a pas de mal à rendre justice au
mérite.

JEANNETTE. — Ça se peut... mais ne me taquine pas.

PICARD. — Et les fils de nos bourgeois, les as-tu

connus? Ils sont tous deux sur le Tour de France, ils voyagent tous deux dans une société opposée ; ils sont compagnons, mais ont-ils les caractères fantasques, les passions terribles de leurs pères?.... Eh!... parle donc.

JEANNETTE. — Jules Bernard, avant son départ pour le Tour de France, était aimé dans le faubourg; il se liait très-facilement et chacun le trouvait bon camarade. M. Jaillet habitait le centre de la ville. Je ne suis entrée chez lui que depuis deux ans à peine, et Pierre, son fils, m'est complétement inconnu. Mais tous les jours j'entends vanter sa beauté, ses talents et son bon cœur.

PICARD. — Et moi donc... tiens! regarde cette figure... Et ma tête? Vois-tu comme elle est grosse... preuve d'un grand génie... Et dans ma poitrine, là... Sens-tu battre quelque chose?

JEANNETTE. — Rien... Eh! mais, tu me fais tâter à droite.

PICARD. — Malheur! je me trompe toujours de côté. (Jeannette rit aux éclats.)

## SCÈNE II.

**PICARD, JEANNETTE, LAMICHE, entre par le fond.**

LAMICHE. — Eh! les amoureux! savez-vous la nouvelle? Il y a grande provocation entre les compagnons menuisiers du devoir et les compagnons menuisiers du devoir de liberté. Ils vont jouer la ville. Ceux qui auront fait le plus beau chef-d'œuvre resteront, les autres fileront sans tambours ni trompettes, l'oreille basse... Il faut voir comme tout s'agite autour des mères de compagnons.... et ce n'est pas tout : Jules Bernard, qu'ils appellent Bordelais l'*Ami-du-Trait*, arrive d'un côté, et le fils Jaillet, dit Pierre-le-Bordelais, arrive de l'autre. Ils sont les concurrents choisis par les deux sociétés... Ils vont exercer leurs talents l'un contre l'autre. Voilà le fait.

JEANNETTE. — Eh! mon Dieu! que dites-vous là?

LAMICHE. — La vérité.

PICARD. — Vraiment! ils arrivent aujourd'hui?

LAMICHE. — Aujourd'hui même.... Mais voici M. Bernard.

## SCÈNE III.

### PICARD, JEANNETTE, LAMICHE,

### BERNARD, entre à droite.

BERNARD (marchant et parlant seul). — Mon fils arrive... Un brave compagnon ! un enfant de Salomon ! un Gavot digne de son père.... Cette nouvelle m'a saisi... J'en suis encore tout ému.

PICARD. — Bonjour, bourgeois.... Votre fils arrive donc ?

BERNARD. — Oui, Picard, oui, je viens de l'apprendre à l'instant. Cours à la maison annoncer cette bonne nouvelle... Que l'on prépare tout pour le bien recevoir... Appelez tous les voisins, tous les amis; que tout le quartier soit de la fête.

PICARD. — C'est une commission dont je m'acquitte avec grand plaisir. (Bas.) Comme je vais me régaler.... (Haut.) Je vole. (A demi-voix.) Adieu, Jeannette. (Il s'en va à droite en faisant des mines.)

JEANNETTE (de même). — Adieu... (Bas.) Et chez nous donc, est-ce que tout ne sera pas sens dessus dessous ? J'aurai de l'ouvrage aujourd'hui. Mais tant mieux ! Je prendrai part à la joie commune. Courons bien vite. (Elle sort à gauche.)

LAMICHE (de même). — Je vais colporter cette nouvelle par la ville et les faubourgs, et toutes les trompettes de la renommée ne feraient pas, on peut le croire, autant de bruit et de besogne que moi. Il ne me manque que des ailes. (Avec ses bras il fait semblant de s'envoler. Il sort par le fond.)

## SCÈNE IV.

### BERNARD, seul et hors de lui.

Je suis heureux ! Mon bonheur est extrême ! Il a tra-

1.

vaillé, il a suivi mes leçons, il a grandi dans la partie, et maintenant son nom est dans toutes les bouches... Il est connu dans la France entière !... Que je suis heureux ! Que je suis heureux !... Comme mon cœur danse dans ma poitrine.

## SCÈNE V.

### BERNARD, JAILLET, entre à gauche.

JAILLET (avance doucement. Avec enthousiasme et sans voir Bernard). — Il arrive donc? Je vais donc le voir cet illustre enfant de maître Jacques ! Que je suis fier, que je suis glorieux de lui avoir donné le jour !... Non, aucune renommée ne peut égaler la sienne. Il est le roi des menuisiers, c'est le flambeau de la corporation, c'est.... (Il va se heurter contre Bernard et le regarde étonné. A part.) C'est le Gavot !...

BERNARD (de même). — C'est le Dévorant ! (Haut.) Eh bien! voilà nos deux fils qui arrivent...

JAILLET. — Oui.

BERNARD. — Et deux bons ouvriers!

JAILLET. — On le dit.

BERNARD. — Et compagnons l'un et l'autre!

JAILLET. — Doucement, doucement, il n'y a de vrais compagnons que les compagnons du Devoir.

BERNARD. — Et les compagnons du Devoir de Liberté?

JAILLET. — Rayez le mot Devoir.

BERNARD. — Qu'est-ce à dire? Vous voudriez primer sur les enfants du grand roi Salomon? Vous oseriez nous contester nos titres ?

JAILLET. — Maître Jacques l'emporte sur Salomon et tous les rois de la terre... Il était l'architecte du temple, l'ami d'Hiram, dont on connaît les meurtriers... et rien ne l'égale..... Non, non, rien n'est comparable au saint Devoir de Dieu.

BERNARD. — Maître Jacques était un rebelle, Hiram était notre ami... Vos gants blancs ne sont que pure simagrée, et tous les Devoirs sont ternes devant le Devoir de Liberté... Oui, de Liberté!... Comprenez-vous cela?

JAILLET. — Oui, un beau Devoir! qui reçoit les juifs,

les protestants, les mahométans, tous les hérétiques...

BERNARD. — Eh bien! oui, chez nous liberté de conscience, tous les hommes frères quels que soient leurs cultes. Dans les siècles où tous les gouvernements persécutaient la foi qui n'était pas la leur; chez nous, société de pauvres ouvriers marchant à travers l'espace et le temps, tolérance complète à cet égard (1). Et voilà ce qui est merveilleux, ce qui fait notre grandeur et notre force... Mais, chez vous, tyrannies, oppressions de toutes les sortes.

JAILLET (avec colère). — Maudit Gavot... tu insultes à mon Devoir.

BERNARD (sur le même ton). — Eh quoi! méchant Dévorant, tu voudrais rabaisser les enfants de la gloire?

JAILLET. — Rampe devant les Devoirants...

BERNARD. — Baisse le front devant les Gavots...

JAILLET. — Tu me pousses à bout, et en attendant

(1) Un bon vieillard, âgé de plus de 80 ans, reçu compagnon menuisier du Devoir de Liberté à Lyon vers 1789, sous le nom de Nîmois le Cœur-Sincère, m'a écrit de Nîmes, le 1er août 1861 une très-longue et très-intéressante lettre dans laquelle il fait l'histoire et l'éloge de son père. Qu'il est beau d'entendre un fils, un vieillard, parler d'un autre vieillard avec tant d'amour et de vénération! M. Hauvert, protestant comme l'auteur de ses jours, homme convaincu, modéré et jouissant de l'estime publique, m'a vraiment impressionné. Je ne puis, de sa remarquable lettre, donner que les quelques lignes que voici se rapportant à mon sujet :

« Mon père, dit M. Hauvert, est né le 9 octobre 1733, dans un petit village à quatre lieues de Berne. Son père était menuisier. Il était le plus jeune des fils. On le destinait à l'agriculture. Son goût était d'être menuisier. Ce n'était qu'à la dérobée qu'il pouvait s'occuper de cet état. A l'âge de 22 ans (en 1757) il quitta la maison paternelle, vint en France sans savoir un mot de français. Comme il avait un caractère ferme, il s'imposa la loi de ne plus prononcer un mot d'allemand jusqu'à ce qu'il sût le français; il réussit dans sa résolution. En peu de temps et sans maître il parvint à lire, écrire et parler le français, sans avoir trop gardé la prononciation allemande. Il fit son Tour de France, s'affilia à la société des compagnons Gavots. Sa préférence pour cette société fut que les Gavots étaient tolérants en matière religieuse. Mon père appartenait au culte protestant, que les Dévorants n'admettaient alors qu'en faisant acte de catholicité »

Je ne donne de la lettre de l'excellent vieillard que quelques lignes, plus tard je la donnerai tout entière. Que veux-je prouver? Que Devoirants et Gavots étaient divisés dans leur manière de comprendre la religion. Ceux-là avaient embrassé l'orthodoxie, la rigueur catholique, les autres maintinrent rigoureusement la liberté de conscience. De là l'origine d'une infernale haine et de terribles batailles. Mais un temps nouveau amène de nouvelles mœurs et nous touchons à la paix et aux grandes fusions.

que mon fils règle le tien, que je te donne une leçon...

BERNARD. — On ne me provoque pas deux fois ; en garde donc.

## SCÈNE VI.

**BERNARD, JAILLET, LOUISE, entre à gauche, ROSE, entre à droite.**

LOUISE (accourant et tout émue). — Qu'est-ce donc? qu'est-ce donc? paix! paix! Mon père... mon père... venez.

ROSE (accourant de même). — O mon Dieu! qu'est-ce que je vois là?... Mon père... calmez-vous... venez... venez. (Elles entraînent leur père du côté par où elles sont venues ; quelques personnes les secondent.)

JAILLET (s'en allant presqu'à reculons et montrant le poing). — Je te retrouverai.

BERNARD (faisant de même). — Prends garde à toi. (Les poings sont un moment braqués l'un contre l'autre.)

## SCÈNE VII.

**PIERRE-LE-BORDELAIS, dans le lointain, à droite.**

AIR : Rives du Tage.

« L'hiver à peine
Semble s'évanouir,
Que dans la plaine
L'on voit tout reverdir.
J'entends dans leur chaumière
Dire à mainte bergère,
Avec gaîté :
L'alouette a chanté.

« Du tour de France
Tiens, voilà le chemin!
Sans résistance
Prends cette canne en main.
Mon fils, point de murmure,
Le temps de la froidure
Est écoulé :
L'alouette a chanté (1). »

(1) La chanson dont voilà deux couplets appartient à Piron, dit Vendôme-la-Clef-des-Cœurs, Compagnon blancher chamoiseur, le chansonnier le plus célèbre du Compagnonnage. Il est mort en 1841, à Paris, âgé de 46 ans. Nous étions deux intimes.

Me voilà pourtant arrivé dans mon pays natal; et mon
père n'a pas seulement reçu de moi un seul mot d'aver-
tissement... c'est mal... Mais il ne doit pas ignorer ce
qui se passe, et si j'acquiers de la gloire, comme je
l'espère bien, il en aura sa bonne part. Et ma mère!
c'est elle qui va être heureuse!... et Louise! si bonne,
si gentille... Je pense aussi à une autre personne, à qui
je n'ai parlé qu'une seule fois... mais elle avait de l'aimant, et son portrait est resté là, gravé dans mon
cœur... Ses parents habitaient ce faubourg, dont nous
vivions alors éloignés. La rencontrerai-je? Que Dieu
le fasse!..... Jetons notre paquet à terre, et respirons
un moment.

## SCÈNE VIII.

### PIERRE-LE-BORDELAIS, BORDELAIS-L'AMI-DU-TRAIT (Jules).

JULES, dans le lointain, à gauche.

#### Air nouveau.

Mon paquet est sur mon épaule,
Ma gourde pend à mon côté;
Pendant que l'heure vole et vole
Moi je chemine en liberté.
Mes pieds se couvrent de poussière,
L'air dans ma poitrine descend,
Et j'avance dans la carrière
L'âme en paix et le cœur content.

Me voilà donc arrivé, sans que, peut-être, personne
des miens ne m'attende... Les compagnons m'ont dit:
pars; et j'ai obéi sans réplique... Mais comme le cœur
me bat maintenant... que d'amis je vais voir... Bon
père! bonne mère! excellente sœur! je suis à deux pas
de vous... Et toi, jeune fille que j'ai rencontré une seule
fois, à qui j'ai pressé la main avec tant de bonheur,...
dont le regard sympathique m'a si profondément pénétré,... toi,... devant qui j'étais plein de trouble, de timi-
dité, de gaucherie peut-être... me sera-t-il permis de te
revoir jamais? Je ne sais le nom de ton père, de ta famille, mais il est trois syllabes qui sont restées dans

mon cerveau, c'est ton nom de baptême... (A part.) Mais
voilà un compagnon.

PIERRE (après avoir écouté, se met en position et crie) : —
Tope!

JULES (à part). — Me voilà topé dans mon pays même ;
que c'est étrange!

PIERRE. — Tope!

JULES (haut et avec dignité). — Toper n'est pas dans
nos usages. Ma société m'a dit : Ne tope pas, et ne ré-
ponds pas à qui te tope. Si cependant cela peut vous
convenir, je vous répondrai que je suis menuisier et
compagnon du Devoir de Liberté.

PIERRE. — Nous reconnaissons des compagnons de
Liberté.

JULES. — Et pas du Devoir de Liberté?

PIERRE. — La chose est ainsi.

JULES. — Soit; le mot que vous ne nous contestez
pas me plaît assez, et pour moi serait suffisant; mais
sachez que nous sommes soumis à une loi bien réglée,
qui donne des droits à tous, qui sauvegarde la dignité
de l'affilié ou attendant, qui proclame, qui a toujours
proclamé bien haut la liberté de conscience, que cette
loi, nous l'appelons Devoir, et que ce Devoir, qu'on l'ad-
mette ou qu'on le conteste, est vraiment le Devoir de
Liberté.

PIERRE. — Peut-être. Et c'est là tout ce que vous
savez?

JULES. — Qu'entendez-vous par là?

PIERRE. — Vous n'avez rien à me demander? faites-
vous mépris de ma personne ou de ma qualité?

JULES. — Gardez-vous de le croire. Complétement
étranger à la pratique du topage, je puis manquer aux
formes consacrées, mais je vous le demande en retour
de mes déclarations, dites-moi ce que vous êtes.

PIERRE. — Compagnon menuisier du Devoir, et toujours prêt à le soutenir.

JULES. — Bravo! J'aime votre nature chevaleresque...
Touchez donc là.

PIERRE (après un moment d'hésitation). — Volontiers.
(A part.) Oh! si mon père me voyait toucher la main à
un Gavot...

JULES. — Allez-vous bien loin?

PIERRE. — Me voilà rendu à destination.

JULES. — Moi de même.

PIERRE. — Quoi! vous êtes habitant de ce faubourg?

JULES. — J'y ai pris naissance; mes parents ne l'ont jamais quitté.

PIERRE. — Je suis né dans la ville, mais depuis mon départ mon père est venu habiter ce quartier.

JULES. — Nous sommes donc voisins?

PIERRE. — Nous le sommes... De nombreuses missives m'arrivaient sans cesse, et il me vient un doute... Ne seriez-vous pas le fils Bernard, Bordelais-l'Ami-du-Trait?

JULES. — Lui-même. Mais des récits locaux me parvenaient aussi, et un pressentiment me frappe... Ne seriez-vous pas le fils Jaillet, Pierre-le-Bordelais?

PIERRE. — Vous ne vous trompez pas... Donnez-moi votre main encore une fois et fraternisons.

JULES. — Buvez à ma gourde. (Pierre boit, et Jules ensuite.)

PIERRE. — Buvez à la mienne. (Ils boivent encore tour à tour.) Cela vaut mieux, quoi qu'en disent nos pères, que de batailler et se tuer sur les chemins. Quel bon vent vous amène?

JULES. — Nos sociétés sont en discorde; il y a concours; et je viens pour soutenir, dans la ville de Bordeaux, la gloire des enfants de Salomon.

PIERRE. — Et moi la gloire des enfants de Maître Jacques.

JULES. — Quoi! nous sommes rivaux! et l'un des deux doit vaincre l'autre?

PIERRE. — Le sort le veut ainsi.

JULES. — Allons! Pierre, du courage de part et d'autre, et faisons également notre devoir. Il ne peut y avoir deux vainqueurs, mais donnons au moins deux chefs-d'œuvre au Tour de France... Servons de modèles aux jeunes gens, et qu'à notre exemple ils travaillent à l'envi les uns des autres... Redonnons du nerf, de l'élan, du courage à tous ceux qui en manquent, et par là nous aurons servi notre belle et bonne patrie.

PIERRE. — J'adhère de cœur à ces hautes idées.

JULES. — Pierre, au revoir!

PIERRE. — Jules, à bientôt. (Ils se serrent la main et so

séparent ; Pierre va à gauche et Jules à droite. Plusieurs personnes dans le fond les regardent de loin et chuchotent entre elles.)

FIN DU PREMIER ACTE.

# ACTE SECOND.

## SCÈNE PREMIÈRE.

### LAMICHE.

Quel broubaba! quelle joie! quel contentement! comme la foule se porte chez M. Bernard et chez M. Jaillet! Comme leurs fils sont caressés, embrassés... Ils ne savent où donner de la tête... Quelles émotions ils ont éprouvées! que de larmes de bonheur ont coulé de leurs yeux... Si je n'étais pas si vieux j'irais faire mon tour de France. A mon retour tout le monde me ferait fête... J'embrasserais toutes les dames, toutes les demoiselles... elles m'embrasseraient aussi... je ne rencontrerais aucune opposition... Tout un chacun ne chercherait qu'à me complaire, qu'à me faire plaisir... Oh! que c'est beau! que c'est beau le retour au pays lorsqu'on s'est toujours bien comporté!... Mais serais-je devenu un savant, un flambeau lumineux? Peut-être bien... que sait-on? Est-ce que je n'ai pas des bras? est-ce que je n'ai pas des jambes? est-ce que je n'ai pas des oreilles, des yeux, un nez? est-ce que je n'ai pas quelque chose dans mon front? Cependant, ne jurons de rien. Mais, ce qui est positif, c'est que Pierre et Jules sont portés aux nues par leurs camarades, proclamés les modèles des compagnons... Il paraît qu'ils savent faire des lignes, des traits, des embrouillements où le diable ne comprendrait goutte. Et leurs pères! c'est ça qu'ils sont fiers! qu'ils se rengorgent! et qu'ils regardent leurs héritiers avec adoration... Ça se conçoit: c'est que parmi tous les compagnons de la France ils ont été choisis comme les plus habiles, les plus flambants... c'est ça qui fait honneur à notre ville!... un bon ouvrier, on fait bien de le glorifier; il vaut bien un bon soldat... Et pas de récompense civique !... oui, ils ont bien du mérite... On va les enfermer chacun dans une chambre, n'ayant pour toute société que du papier blanc, du bois, des scies, des râpes, des compas, des règles, des outils, et peut-être resteront-ils toute une année sans liberté, se consumant sur un grand travail, n'ayant personne à qui parler. Voilà ce qui ne m'irait pas! Ils vont maigrir, pâlir, perdre leur beauté, et c'est dommage... Mais voici venir le fils Jaillet... Où va-t-il ainsi tout seul ?

## SCÈNE II.

**LAMICHE, PIERRE,** entre par la gauche et marche rêveur.

LAMICHE. — Bonjour, Pierre... comme tu es heureux d'avoir bien employé ton temps, d'avoir su te conduire avec sagesse... C'est à qui te témoignera de l'amitié... Les saintes mêmes du paradis ne refuseraient pas un baiser de toi... Comme j'envie ton sort.

PIERRE. — Oui, père Lamiche, je suis heureux; et cependant il manque quelque chose à mon bonheur. . Je pense à quelqu'un, et je suis inquiet... J'ai besoin d'un peu de solitude.

LAMICHE. — Eh bien! Pierre, je te laisse à tes réflexions... pense à ton aise... Je vais causer un peu plus loin.

## SCÈNE III.

**PIERRE, JULES,** entre à droite.

JULES (avançant et se croyant seul). — Que j'ai vu du monde me faire fête! que de visites j'ai reçues... Mais parmi tant de figures qui me sont familières, une seule ne s'est pas présentée, et ne le pouvait! et c'est cette figure-là qui me préoccupe sans cesse; elle est gravée dans mon cerveau, elle est là, là, toujours devant mes yeux. Je voudrais l'oublier un moment, je ne le puis... J'ai besoin de m'isoler, de rêver un peu à l'écart... Sais-je ce que je fais ? (Il aperçoit Pierre.) Vous voilà, Pierre ; que faites-vous là, tout seul, loin de tous les vôtres ?

PIERRE. — Je pense, je rumine.... Et vous ?

JULES. — J'ai des peines secrètes, de la mélancolie... Mon âme cherche... cherche une autre âme.

PIERRE. — Je crois que nous souffrons du même mal... Mais voici quelqu'un qui ne veut pas que je reste seul.

## SCÈNE IV.

### PIERRE, JULES, LOUISE, entre à gauche.

LOUISE. — Pierre, je viens te chercher. Tout le monde t'attend et te réclame. Donne-moi le bras, et marchons. (Elle aperçoit Jules et se trouble.)

JULES (sous l'empire d'une forte émotion et avec dépit). — Pierre ! Pierre ! tu es né pour ma perte... je te rencontre partout devant mes pas... Que je te veux du mal !

PIERRE (étonné). — Du mal ! je ne te comprends pas... Quel trouble est le tien ?... Parle... explique-toi.

JULES (avec désespoir). —O mon Dieu ! mon Dieu ! que je suis malheureux !...

## SCÈNE V.

### PIERRE, JULES, LOUISE, ROSE, entre à droite.

ROSE. — Qu'il y a du temps que je te cherche. Pourquoi s'absenter ainsi ?... Quoi ! se plonger dans la tristesse un jour comme aujourd'hui... Qu'est-ce que cela veut dire ?... Ta main ! et viens bien vite. (Elle le prend par la main pour l'entraîner ; ses yeux rencontrent ceux de Pierre ; ils se reconnaissent et sont impressionnés.)

PIERRE (bas et avec émotion). — C'est mon rival ! je n'en puis douter.

JULES (avec véhémence). —Tu es mon adversaire comme compagnon, et en amour c'est encore toi qui viens renverser mon rêve de bonheur. Comprends-tu toute la profondeur de mon irritation ?

PIERRE (avec force). — Jules, je croyais, malgré que

tu sois Gavot et appelé à me combattre dans la lice du talent, pouvoir te donner mon amitié ; mais je te hais maintenant et je t'écraserai si je le puis.

JULES (sur le même ton). — Pierre, reçois de moi la même déclaration, et sache que mon énergie sera à la hauteur de la tienne... Garde-toi bien.

LOUISE (avec surprise). — Mais, mon frère, qu'as-tu donc ? Je ne te comprends pas.

ROSE (avec émotion). — Mon frère! Mon frère! Pourquoi des menaces ? Qu'est-il donc arrivé?

PIERRE (avec surprise et joie). — Quoi ! Jules serait le frère de Rose !...

JULES (de même). — Quoi ! Pierre serait le frère de Louise?... Est-ce possible?... Pierre ! Pierre ! expliquons-nous... Vois-tu cette belle jeune fille, dont la main est dans ma main ? Eh bien ! c'est ma sœur.

PIERRE (avec enthousiasme). — Ta sœur! ta sœur! O Jules ! Jules !... sois mon frère. Reconnais aussi ma sœur dans Louise, que voici.

JULES (de même s'adressant à la sœur de Pierre). — Louise ! Louise ! depuis que je vous ai vue pour la première fois, depuis que ma main a pressé votre main, je n'ai pu vous oublier un seul instant. Je ne connaissais pas vos parents, et cependant j'avais fait le serment d'être à vous si votre cœur répondait à mon cœur. C'était par vous et pour vous que j'étudiais, que je grandissais sur le Tour de France. (Avec attendrissement.) M'en savez-vous quelque gré? (Louise rougit et fait un signe approbatif.)

PIERRE (de même). — Rose! Rose! vous avez été le flambeau de ma vie... c'est votre influence qui me conduisait... J'ai voyagé, travaillé, étudié pour me rendre digne de vous... Ai-je bien fait? Tous ces efforts ne sont-ils pas en pure perte? (Rose sourit à Pierre et le regarde avec intérêt. Tous se pressent la main.)

## SCÈNE VI.

LES PRÉCÉDENTS, JEANNETTE, entre à gauche.

JEANNETTE. — Monsieur Pierre, mademoiselle Louise, on m'envoie vous quérir. Arrivez bien vite, car votre père est dans l'inquiétude et commence à murmurer. Ne gâtons pas une si belle journée.

## SCÈNE VII.

### LES PRÉCÉDENTS, PICARD, entre à droite.

PICARD. — Monsieur Jules, mademoiselle Rose, vos parents vous attendent... De nouvelles foules ont envahi la maison... Allez bien vite leur porter la joie dans l'âme. (*Les jeunes gens se séparent après une scène muette très-significative. Les Bernard vont à droite, les Jaillet à gauche.*)

## SCÈNE VIII.

### JEANNETTE, PICARD.

PICARD. — Jeannette, as-tu remarqué cette intimité ? Croirait-on que ce sont là *Gavots* et *Devoirants ?* Hé !

JEANNETTE. — S'ils se traitent ainsi sur le Tour de France, ils ne se font pas grand mal, et je me garderai bien de les plaindre.

PICARD. — Jules pressait la main de Louise, Pierre pressait la main de Rose... de Rose ! que je croyais un peu plus farouche !... Hum !

JEANNETTE. — Et que t'importe Rose ! Ne dirait-on pas que tu es chargé de sa surveillance ou que tu es jaloux. Tiens ! veux-tu que je te parle net ? Ça ne me convient pas du tout.

PICARD. — Il est vrai, Jeannette, que je ne dois penser qu'à toi,... mais ne prends pas la mouche pour un mot qui m'est échappé sur la fille de mon patron. Je suis un ouvrier vigilant, attentif, fidèle, et je veille à tous les intérêts de qui me donne du travail... Comprends-tu ça, Jeannette ?

JEANNETTE. — A merveille. Va, je l'ai entendu dire, tu pousses la *doucine.*

PICARD. — La doucine ! Oh ! ne me traite pas ainsi ; tu me fais du chagrin... Reconnais en moi ton dévoué Picard. Regarde-moi, regarde-moi donc.

JEANNETTE. — Je te pardonne ; mais ne me donne plus de sujet d'ennui. A bientôt. (Elle sort à gauche.)

PICARD. — Oui, à bientôt. (Bas.) O la jalouse ! la jalouse ! Comme elle voudrait déjà me tenir.

## SCÈNE IX.

### PICARD.

Me voilà seul... Il faut convenir pourtant que mon esprit n'est pas dans son assiette ordinaire... Je suis tout bouleversé... Pourquoi ça ?... Comme je suis sot... A quoi bon me tourmenter ? qu'est-ce que ça me rapporterait... Non, non, les grosses secousses, les gros cahots des routes de la vie ne sont pas faits pour un luron si bien bâti que moi... Je dois sortir triomphant de toutes les situations... et je m'arrange pour qu'il en soit ainsi. Je ne suis d'aucune société ; pas plus Devoirant que Gavot ; je ne tiens ni à Jacques ni à Salomon. Je nage dans les eaux de la neutralité ; rien de moins compromettant ! Ce que j'ambitionne avec raison, c'est de faire mon petit bonhomme de chemin... Dans l'atelier de M. Bernard je suis l'ouvrier le plus considéré. Il est vrai que la nature a été pour moi bonne mère... elle m'a tout prodigué. J'ai des talents, de la finesse, du physique... une tournure rare, des jambes faites au moule, de la conduite, de la tenue, et chacun jalouse mes brillantes qualités. Je pouvais justement prétendre m'élever jusqu'à mademoiselle Rose. Elle est bien, très-bien, mais avec qui pouvait-elle s'appareiller convenablement si ce n'est avec le beau Picard ? Voyez ce fin minois. Autres titres... Ne me suis-je pas fait son agent tout dévoué ? ne m'inclinais-je pas assez bas devant elle ? n'étais-je pas sans cesse à ses ordres ? ne lui souriais-je pas avec grâce ? Pouvait-elle ne pas être sensible à tous mes aimables procédés ? J'étais vainqueur ! je triomphais ! elle se rendait, et c'était faire preuve d'intelligence et de goût .. Que j'aurais facilement oublié Jeannette ! Mais ne voilà-t-il pas que tout à coup arrive un Devoirant, et que la Gavotte, qui pourtant m'avait remarqué, vogue à pleine voile de son côté. C'est à n'y rien comprendre ! je crois qu'elle est ensorcelée ;

on aura usé sur elle de quelque philtre, ou de quelque poudre d'enfer... le diable s'en mêle certainement. Cela me donne à réfléchir. Que faire ? Si l'on parvenait à éloigner ce compagnon, il est à croire que ma bonne fortune se relèverait... Je ne suis pas méchant, j'ai la douceur de l'agneau, mais pour se servir soi-même on peut bien desservir un peu les autres... Mais que vois-je arriver de ce côté, plus sombre que la nuit ? C'est Tulle-la-Rigueur.

## SCÈNE X.

### PICARD, TULLE-LA-RIGUEUR, entre par le fond.

TULLE (marchant et se croyant seul). — Ce Bordelais-l'Ami-du-Trait, que l'on a fait venir de si loin pour soutenir notre gloire, m'a tout l'air d'un enfant... A peine a-t-il quelques poils de barbe au menton... C'était à moi de travailler, c'était à moi de vaincre les Devoirants, oui, à moi, Tulle-la-Rigueur, vieux compagnon, intrépide travailleur, versé dans la science du trait. J'eusse avec la plus grande joie donné mes jours et mes nuits, et, au besoin, je fusse mort à la tâche...On a dédaigné mes talents, on a repoussé mes services; j'en suis profondément blessé... Oh! ça tournera mal, ça tournera mal...

PICARD. — Voilà Tulle-la-Rigueur, le grand travailleur, l'énergie en personne, le plus solide appui des enfants de Salomon. Non, il n'y a rien de pareil en ce monde... Mais, qu'on lui a fait une cruelle injustice !...

TULLE. — C'est vrai, Picard, l'on m'a préféré un tout jeune homme, et mon cœur saigne.

PICARD. — Et ce jeune homme, fils d'un vieux Gavot, est amoureux de mademoiselle Louise, la fille d'un compagnon du Devoir, et, pour lui complaire, il trahira, il vendra sa société... j'ai tout vu, j'ai tout entendu.

TULLE (avec colère).—Qu'as-tu vu? Parle. (Picard recule épouvanté. Tulle le ramène en avant.) Voyons parle, et dépêche-toi.

PICARD. — Des choses effrayantes pour le Devoir de Liberté... oh ! effrayantes!

TULLE. — Ce concours n'aura pas lieu dans de telles conditions... Je ne souffrirai pas que ma société soit sacrifiée, assassinée de la sorte. Je ne puis me présenter ouvertement devant elle ; on me taxerait de jalousie, l'absurdité va si loin ! mais une révélation sera faite, et tout sera sauvé. (Il s'éloigne par le fond à grands pas.)

## SCÈNE XI.

### PICARD.

Tulle ! Tulle ! Le voilà parti. Quel homme terrible ! Quelle fougue ! quel emportement !... il me fait presque peur, et cependant j'ai le courage d'un lion. Laissons-le faire. A nous d'agir maintenant. Allons de ce pas trouver M. Jaillet ; glissons-lui quelque petit propos dans l'oreille ; répandons partout des bruits qui nous viennent en aide. Il n'y a pas de mal à cela... Et puis, à la bonne fortune.

## SCÈNE XII (1).

**PICARD, BOIT-SANS-SOIF, FRAPPE-D'ABORD**, quatre autres COMPAGNONS DU DEVOIR âgés de 45 à 60 ans entrent par le fond.

FRAPPE-D'ABORD ( à Picard qui s'en allait). — Dis donc, tu ne connais pas Frappe-d'Abord ?

PICARD. — Non.

FRAPPE-D'ABORD. — Eh bien, c'est moi. Veux-tu me connaître, m'apprécier ? Voyons ! tu n'as qu'à dire un mot.

PICARD. — Merci, merci, je ne suis pas curieux ; et puis je suis pressé. (Il veut s'en aller.)

BOIT-SANS-SOIF (le rattrapant). — Pas si vite, pas si vite : viens te rafraîchir le gosier. C'est Boit-sans-Soif, vrai Dévorant, qui régale et t'invite.

PICARD (à part). — A-t-il l'air d'en dévorer de ces

(1) Je donne la scène XII et les suivantes parce que je veux éclairer toutes les faces de la question, et que je les crois utiles au progrès. Il faut découvrir les plaies et ensuite appliquer le remède. Malheur aux douillets qui ne l'entendent pas ainsi, ils ne guérissent pas. Cependant ces scènes, bonnes pour la lecture, on peut les supprimer à la représentation si elles ralentissent l'action et nuisent à l'intérêt général. En ce cas le Picard sort et l'acte est terminé.

verres de vin. (Haut.) Bien obligé; je n'ai que faire de boire. (Il s'en va par le fond.)

BOIT-SANS-SOIF. — Tu n'es pas un homme; tu ne seras pas fait compagnon sous mon patronage : un surnom tel que le mien ne peut pas convenir à un melon. Va-t'en au diable. (Il va s'asseoir à une table de cabaret placée à droite du théâtre.) Eh! la maison! du vin! du vin.

## SCÈNE XIII.

LES PRÉCÉDENTS, moins Picard, le CABARETIER.

LE CABARETIER. — Voilà du vin, voilà des verres.
TOUS ENSEMBLE. — A la bonne heure.

## SCÈNE XIV.

LES PRÉCÉDENTS, BRAS-DE-FER, L'INTRÉPIDE, QUATRE COMPAGNONS ÉTRANGERS ET GAVOTS; 45 à 60 ans. Les derniers entrent par le fond.

BRAS-DE-FER (frappant sur une table). —Du vin! du vin!
LE CABARETIER. — On y est... voilà, voilà.
BOIT-SANS-SOIF (se pinçant le nez). — Comme ça sent le loup...
BRAS-DE-FER (faisant le même signe). — Comme ça sent le renard et le chien... il y a de quoi être suffoqué.
FRAPPE-D'ABORD. — Si nous chantions la gloire?
CEUX DE SA TABLE. — Bien vu! bien vu.
FRAPPE-D'ABORD (s'adressant à la table voisine). — Avec votre permission, pays et coteries, peut-on chanter un petit couplet?
L'INTRÉPIDE. — Pourquoi pas? allez! allez!

FRAPPE-D'ABORD.

« Gavots abominables (1),
Mille fois détestables,
Pour toi quelle pitié
De te voir enchaîné.
Il vaudrait mieux te rendre
Chez la Mère, à Lyon,
Là, on saurait t'apprendre
Le Devoir d'un Compagnon. » (bis.)

(1) Que l'on se souvienne bien que les couplets que j'insère dans cette scène ne m'appartiennent pas. Ils sont tirés de vieilles chansons de compagnons autrefois très en vogue dans le Compagnonage.

(Le couplet terminé, Frappe-d'Abord s'arrête et tousse.
Applaudissements de tous ceux de sa table.)

BRAS-DE-FER (aux Devoirants). — Permettez qu'à mon
tour je vous régale de quelque chose d'excellent.

BOIT-SANS-SOIF. — Allez donc! allez donc.

### BRAS-DE-FER.

« Si cette race infernale,
Dévorants sans instruction,
Lisaient un peu dans les annales
De notre grand roi Salomon, (bis)
Ils verraient que cet homme sage
Fonda notre Société,
Et nous a donné pour partage ⎫ bis.
Le beau Devoir de Liberté. » ⎭

(Applaudissements des étrangers et des Gavots. Les deux par-
tis s'irritent, les yeux s'enflamment, les poings et les verres
font grand bruit sur les tables.)

### BOIT-SANS-SOIF, appuyé par ses amis.

« Chers Compagnons honnêtes, il faut nous rassembler,
C'est pour chasser ces bêtes qui sont dans Montpellier;
Commençons de suite par tous ces Gavots,
Car ils sont sans doute de vrais animaux. » (bis)

(Applaudissement vigoureux des Devoirants.)

### L'INTRÉPIDE, avec énergie.

« Entre Mus et Vergèse,
Nos honnêtes compagnons
Ont fait battre en retraite
Trois fois ces chiens capons.
A coups de canne et de compas,
Repoussons ces scélérats,
Nos Compagnons sont bons là.
Fonçons sur eux le compas à la main.
Repoussons-les, car ils sont des mutins.

### CHOEUR.

« Pas de charge en avant, ⎫
Repoussons tous ces brigands, ⎬ bis.
Ces gueux de Dévorants ⎪
Qui n'ont pas de bon sang. » ⎭

(Applaudissement et trépignement terrible à la table qui vient
de chanter.)

FRAPPE-D'ABORD. — Oh! la belle chanson!

BRAS-DE-FER. — Elle vaut bien la vôtre.

2

Boit-sans-soif. — À bas, à bas les Loups et les Gavots.

L'Intrépide. — A bas, à bas les Chiens et les Renards.

Frappe-d'abord. — Allons! debout, et tapons dru.

Bras-de-fer. — Prouvons ce que nous sommes; en avant!

Des deux parts. — En avant! En avant!

(Les verres et les bouteilles voltigent, Bras-de-fer et Frappe-d'abord s'empoignent; mais, ils sont vieux, fatigués par la débauche, et le premier ayant un bras peu valide, le second ne faisant que tousser, leur lutte est ridicule. Bois-sans-soif et l'Intrépide brisent chacun une chaise, se font une arme de ses débris et se chargent. Les autres compagnons s'élancent les uns sur les autres, tout se mêle. On voit luire quelques pointes de compas.)

## SCÈNE XV.

Les précédents, LA FRANCHISE-DE-GRENOBRE, six jeunes compagnons très-propres, entrant par la droite.

La Franchise-de-Grenoble. — Eh bien! dans le siècle où nous sommes se battre ainsi! Quelle honte!... La paix!... Voyons, la paix!

Les combattants (cris divers). — Tiens, Chien. — Tiens, Loup. — Attrape ça, Renard. — Voilà pour toi, Gavot.

Les jeunes compagnons. — La paix! La paix! (Ils s'interposent et finissent par séparer les combattants qui regagnent leurs tables respectives. Quelques-uns sont déchirés.)

La Franchise. — Est-ce que le compagnonnage n'est pas assez compromis? Est-ce que les conflits violents n'ont pas assez duré? Est-ce que les vieux s'obstineront à montrer moins de raison que les jeunes gens? Soyez donc plus sages à l'avenir.

Bras-de-fer. — Notre temps était le bon temps. On se battait, c'est vrai; il restait des morts sur la place, c'est encore vrai, mais ça donnait du nerf, de la vigueur, de l'élan aux hommes et le compagnonnage avait de la force.

Frappe-d'abord. — C'est vrai, c'est vrai; nous étions des lurons, et nous avons des successeurs indignes de leurs pères; ils sont de véritables poules mouillées.

La Franchise. — Oui, on se battait, Bras-de-fer, et vous avez fait du mal, mais vos bras d'un métal si dur et si solide ont été meurtris, cassés plusieurs fois... Le travail vous est pénible maintenant, et votre famille n'est pas dans l'aisance. Voilà le fruit de vos prouesses. Je ne parle pas de ce qu'ont fait en votre faveur les jeunes gens que vous raillez; puissent-ils donner sans cesse la main à leurs vieux invalides... Mais, s'ils ont pensé à vous, s'ils y pensent encore, pensez aussi aux autres et soyez vraiment homme. — Frappe-d'abord, vous êtes, je le sais, digne de votre surnom; mais, si vous avez terrassé bien des adversaires, il vous advint cependant un [jour de malheur.: ce jour vous levâtes la main un peu haut, un poing vigoureux vous arriva en pleine poitrine, vous renversa; il fallut vous emporter. Depuis ce temps, vous toussez, vous n'êtes plus que l'ombre de vous-même, et l'on sait la situation de votre intérieur. Je connais le dévouement de vos jeunes frères, Ne soyez point ingrat, et apprenez à les comprendre et à les respecter.

Bras-de-fer. — Quoi! c'est à Bras-de-fer qu'on ose tenir un tel langage?

Frappe-d'abord. — Quoi! c'est à Frappe-d'abord qu'on ose adresser des paroles si blessantes?

La Franchise. — A eux-mêmes. Vous pouvez exciter les autres et par là nuire encore, mais par vous-mêmes vous êtes nuls... Vous n'avez plus rien de vivant que vos surnoms, vos langues et vos réputations. Soyez donc sobres de menaces ; elles sont puériles désormais.

L'Intrépide. — Les nouveaux poëtes ont tout perdu; ils ont jeté partout les idées les plus baroques : ils veulent faire embrasser Gavots et Dévorants, Chiens et Renards, Loups et Loups-garous; c'est absurde.

La Franchise. — Nous voulons rendre le compagnonnage à sa pureté primitive, nous voulons que tous les ouvriers, que tous les hommes fraternisent.

Boit-sans-soif. — C'est ça, le bâtiment doit s'abaisser à la hauteur d'une botte, d'un soulier ou d'un sabot; il doit se mesurer avec un fer à cheval ou un pain de quatre sous, et tous les soi-disant seront reconnus compagnons. La manique, le buttoir, la navette, la raclette, tout cela marchera dans les rangs et personne ne sera rebuté... Cette pensée seule me donne le frisson.

LA FRANCHISE. — Je croyais qu'il y avait un peu de démocratie dans le fond de vos cœurs.

TOUS ENSEMBLE. — Un peu? Dites beaucoup.

LA FRANCHISE. — C'est ce que j'ai entendu murmurer. Vous êtes, comme on dit, des hommes avancés, des théoriciens hors ligne; pour vous le pauvre vaut le riche et tous les hommes sont égaux.

TOUS ENSEMBLE. — Mais oui, mais oui; nous voulons l'égalité absolue en tout et partout.

LA FRANCHISE. — Vous ne voulez pas qu'un riche prime sur vous?

TOUS ENSEMBLE. — Oh! pour ça, non.

LA FRANCHISE. — Un avocat, un médecin, un artiste, un savant ne sont pas vos supérieurs!

TOUS ENSEMBLE. — Mais non, mais non, nous sommes autant qu'eux, hommes comme eux.

LA FRANCHISE. — Comme le riche, comme le puissant, vous avez votre droit électoral; vous êtes devenus des citoyens dans toute l'acception du mot : vous approchez de l'urne, vous y jetez votre volonté, et vous créez des conseils municipaux, généraux, des tribunaux de prud'hommes, des députés, des magistrats suprêmes.

L'INTRÉPIDE. — Le peuple agit de concert avec Dieu.

TOUS ENSEMBLE. — Et c'est justice.

LA FRANCHISE. — L'ouvrier peut devenir prêtre, évêque, pape, lieutenant, capitaine, général, maréchal de France, magistrat, membre des grandes assemblées politiques et autres; tous les métiers jouissent des mêmes droits, il n'y a d'exclusion pour personne, et vous trouvez tout cela parfaitement juste.

TOUS ENSEMBLE. — Sans doute, sans doute.

LA FRANCHISE. — Un boulanger devint le général Cavalier, un imprimeur le maréchal Brune, un tonnelier le maréchal Ney, un teinturier le maréchal Lannes, le fils d'un cabaretier le roi Murat; des pauvres pêcheurs furent les apôtres du Christ.

TOUS ENSEMBLE. — Et voilà le beau!

BOIT-SANS-SOIF. — Un ouvrier doit pouvoir s'élever

à toutes les conditions, à tous les honneurs, il est homme, et cela dit tout.

Tous ENSEMBLE — Oui, oui.

LA FRANCHISE. — Vous n'excluez ni les cordonniers, ni les sabotiers, ni les boulangers, ni les tisseurs, ni les maréchaux.

Tous ENSEMBLE. — Personne, personne.

LA FRANCHISE. — Et vous voulez qu'ils puissent arriver à l'électorat, à la députation, au généralat, à la noblesse, même plus haut, et le contester serait un blasphème.

Tous ENSEMBLE. — Un blasphème dont les aristocrates seuls seraient capables.

LA FRANCHISE. — Il va sans dire que tous les ouvriers peuvent, du moment qu'ils sont probes et capables, s'élever aussi au compagnonnage, dont vous faites partie.

Tous ENSEMBLE (d'un air d'épouvante). — Au compagnonnage! au compagnonnage!... que dites-vous là?

LA FRANCHISE. — Vous reculez.. vous changez de figure et de ton... vous secouez la tête... vos langues se sont attachées au fond de vos palais... Je comprends: vous voulez que toutes les positions s'ouvrent à l'ouvrier, même la noblesse, même le trône, et vous lui fermez le compagnonnage parce que vous êtes compagnons. Électeurs privilégiés, vous lui auriez fermé l'électorat; députés du cens, vous lui auriez fermé la députation; nobles de race, vous lui auriez interdit la noblesse ;... exclusifs en bas, vous l'auriez été en haut. Que sont devenus vos grands sentiments de tout à l'heure, ces larges théories d'égalité? Combien tout cela était factice; ... comme vous tombez vite dès qu'il faut toucher à la réalité. Quoi! l'ouvrier ne veut pas de l'ouvrier pour son égal ? Le bâtiment veut dominer sur tout le reste? Il se croit seul artiste, seul scientifique, seul méritoire, seul digne de porter cannes et couleurs! Non, non, vous qui êtes là devant moi et qui pensez ainsi, non, vous n'avez aucune notion du pur christianisme, vous ne savez ce que c'est que philosophie, démocratie, justice... Vous n'êtes pas des cerveaux intelligents, des cœurs généreux, de vrais amis de l'humanité... Vous ne vous êtes jamais connus vous-

2.

mêmes... Vous êtes pétris d'égoïsme, vous êtes saturés de préjugés; l'orgueil est imprégné dans toutes vos personnes, vous êtes les plus aveugles, les plus grossiers, les plus absurdes des aristocrates. Comment traiteriez-vous le pauvre si vous étiez rois? que feriez-vous du monde, vous qui faites mystère de tout, vous qui cachez tout, s'il était entre vos mains ? Vous détruiriez son histoire, vous enfouiriez ses institutions, vous éteindriez la lumière, vous fomenteriez les castes, les divisions, les exclusions, et vous nous feriez languir et périr dans les ténèbres. Allez ! allez ! votre règne est passé.

L'Intrépide. — Les corps du bâtiment, si puissants par le génie, peuvent-ils admettre auprès d'eux des ouvriers sans science?

La Franchise.—Chaque état a sa science, son art, son utilité, et le méconnaître c'est insulter au principe de la démocratie, dont vous vous targuez à tout propos d'être les partisans. Écoutez ceci : Des princes, des rois, des empereurs n'ont pas refusé d'admettre dans les loges maçonniques, à leur côté, des charpentiers, des menuisiers, des tailleurs de pierre, d'autres ouvriers ; et ceux que les grands et les puissants ne repoussent pas de la maçonnerie oseraient encore repousser du compagnonnage, à titre d'auxiliaires, d'amis, de frères, formant groupes à côté d'eux, les honnêtes travailleurs qui font leurs chaussures ou leur pain! Quoi! ils s'obstineraient à ne pas les regarder comme leurs égaux ? Que veut dire cela ? Est-ce que l'ouvrier qui repousse l'ouvrier, qui ne veut pas presser la main d'un frère dont il ne peut se passer, n'est pas plus aristocrate qu'un prince, un roi, ou un empereur ?

Boit-sans-soif. — Vous êtes bouleversant et fatiguant avec toutes vos raisons...

La Franchise. — Encore un mot. Si c'est le rigorisme scientifique qui vous fait exclure les uns, rigorisme qui ne repose sur aucune qualité le plus souvent, dites-moi pourquoi le même rigorisme vous permet-il d'admettre les autres ? En quoi, répondez, les tanneurs, les teinturiers, les cloutiers font plus usage de l'équerre et du compas que les cordonniers, les tisseurs, les maréchaux ? Pourquoi, d'autre part, des corps également éloignés du bâtiment, n'usant pas plus du compas les uns que les autres, continueraient-ils à se repousser et à faire gémir la tolérance et la Fraternité? Donnez-moi, je vous en prie, une réponse bien catégorique.

FRAPPE-D'ABORD. — La Franchise, on ne peut vous répondre ; vous nous vaincrez par la langue, mais avec tout ça le compagnonnage n'est pas si florissant qu'au temps de notre jeunesse.

LA FRANCHISE. — Il souffre de votre vieille obstination à repousser toute réforme, des révoltes que vous n'avez su empêcher, des scissions que vous avez encouragées et des fusions que vous avez toujours repoussées ; il souffre de vos terribles querelles, et de la fatale réputation que vous lui avez faites. Mais, soyez-en persuadés, il deviendra largement fraternel, et il se relèvera.

BOIT-SANS-SOIF. — Tant mieux ; mais votre dévouement n'égale pas le nôtre ; il n'a pas la même énergie ; pour le compagnonnage nous nous serions fait tuer, massacrer.

LA FRANCHISE. — Oui, vous provoquiez des luttes, des carnages, des arrestations, des procès, des frais énormes, et puis, payait qui pouvait.

BRAS-DE-FER. — Nous étions de bons sociétaires, et notre courage ne détruisait pas notre humanité ; nous savions soulager nos frères dans le besoin.

LA FRANCHISE. — Et cette vertu, vous est-elle restée?

TOUS ENSEMBLE. — Sans doute.

LA FRANCHISE.—Et votre passion de boire ne l'a point amoindrie ?

TOUS ENSEMBLE. — Nous sommes toujours là.

LA FRANCHISE. — Que je suis heureux de vos bons sentiments ! Écoutez-moi : Un vaste échafaudage a croulé il y a quinze jours ; plusieurs de nos frères ont été grièvement blessés; leurs familles sont sans pain. Nous faisons une collecte en leur faveur. Voici la liste de souscription. Beaucoup de noms la recouvrent déjà. J'en suis assuré, vous ne refuserez pas votre modeste obole... Voyons, vous, Bras-de-fer, pour combien faut-il vous inscrire ?... J'attends votre réponse.

BRAS-DE-FER. — Vous tombez mal ; je n'ai pas le sou.

LA FRANCHISE. — Et vous, l'Intrépide ; et vous, Frappe-d'abord ?

L'INTRÉPIDE. — Je suis tout à fait à sec.

FRAPPE-D'ABORD. — Rien dans les mains, rien dans les poches.

LA FRANCHISE. — Et vous, Boit-sans-soif ?

BOIT-SANS-SOIF. — Absent, pour le moment.

LA FRANCHISE. — Que je m'adresse donc à vos camarades : Voyons ! vous tous, un peu de bonne volonté... Mais répondez-moi... C'est à n'y rien comprendre... C'est à vous que je parle... Entendez-vous ?... Ils sont tous muets... Quelle marque d'insensibilité...

BOIT-SANS-SOIF (à ses amis). — Ici nous sommes mal servis, et puis nous n'y sommes pas tranquilles... Allons boire un peu plus loin. Venez ! venez.

L'INTRÉPIDE (à ses amis). — Quel mauvais vin. Il me fait faire une atroce grimace... Je connais un bon coin ; on y est très-bien. Venez, suivez-moi.

(Les deux groupes paient et se retirent, l'un à droite, l'autre à gauche... Varier l'expression des hommes, les uns s'en allant crânement, les autres regardant en arrière et très-honteux.)

## SCÈNE XVI.

### LA FRANCHISE-DE-GRENOBLE, LES SIX JEUNES COMPAGNONS.

LA FRANCHISE. — Et voilà pourtant les hommes qui accusent d'avarice les ouvriers laborieux qui refusent de les suivre et de partager leurs trop fréquentes orgies... Ne sont-ils pas bien généreux ?

LES JEUNES. — C'est triste.

LA FRANCHISE. — On peut être tout à la fois prodigue et avare, mange-tout et de la dernière ladrerie.

LES JEUNES. — L'exemple est assez frappant.

LA FRANCHISE. — Tous les buveurs, Dieu merci, ne ressemblent pas à ceux-là. Parmi les hommes qui ne peuvent prendre autorité sur eux-mêmes, il y a de grands cœurs, des âmes généreuses, de hautes intelligences, d'habiles et bons travailleurs.

LES JEUNES. — Nous en connaissons.

LA FRANCHISE. — D'autre part il y a les économes avares, qui ne pensent qu'à accumuler, qu'à entasser, adorant l'or, l'argent, la moindre pièce de monnaie, frénétiques de possession, incapables d'un bon sentiment, ayant un caillou à la place du cœur. Voir mourir un frère de faim, là sous leurs yeux, leur serait moins pénible que de le sauver au prix d'un écu de cinq francs. Ces hommes-là sont atroces.

LES JEUNES. — Oh! oui, bien atroces.

LA FRANCHISE. — Pouvoir sauver un homme et ne pas le faire, c'est l'assassiner.

LES JEUNES. — En effet. Ce sont là des criminels.

LA FRANCHISE. — Mais il y a aussi les économes généreux, vaillants, bienfaisants. Ils pensent à l'épargne sans doute; leurs familles ne pouvant rien pour eux, ils veulent s'assurer un avenir par leurs propres efforts ; ils travaillent, ne prodiguent rien, savent vivre de peu ; mais qu'un ami arrive, ils sont là ; que le malheur vienne frapper à leur porte, ils sont là ; leur bourse s'ouvre d'elle-même au cri du besoin. Aujourd'hui ils ne nous rebuteront pas; nous pouvons compter sur leur concours. Voilà des hommes que nous devons estimer et dont l'exemple est bon à suivre.

LES JEUNES. — Oui ; mais il y a aussi les dévoués, qui se donnent, qui vivent pour les autres.

LA FRANCHISE. — Ceux-là sont composés d'amour et de poésie..... Sachons les aimer, les chérir, et secondons leurs efforts de toute l'énergie dont nous sommes capables.

LES JEUNES. — Tel est notre devoir.

LA FRANCHISE. — Il y a des distractions permises, des joies nécessaires, mais malheur à qui s'avilit, à qui laisse son cœur se corrompre et son esprit se matérialiser; il ne vit plus. Un tableau navrant vient de passer sous nos yeux. Ce sont là quelques hommes dégénérés, honte et douleur du compagnonnage. Ils sont sans autorité, sans influence d'aucune sorte, et notre principe régénérateur touche à son triomphe. Ayez espoir, brave jeunesse.

LES JEUNES. — L'avenir est à nous.

LA FRANCHISE. — Maintenant, continuons notre tâche philanthropique, et du courage!

LES JEUNES. — Allons! allons! (Ils s'en vont par le fond.)

FIN DU SECOND ACTE.

---

# ACTE TROISIÈME.

## SCÈNE PREMIÈRE.

### LAMICHE, JEUNES OUVRIERS ET APPRENTIS.

LAMICHE. — Oui, je vous le répète, le compagnonnage est une jolie chose!... L'on part au sortir d'apprentissage si l'on veut. L'on arrive dans une ville de devoir. On se présente chez la Mère: le rouleur vous accueille, et l'on choque le verre avec lui. On a du travail, du crédit, de l'appui. L'on mange tous ensemble dans une grande pièce. L'un dévore un bœuf, l'autre un mouton, l'autre un veau, l'autre un lapin, l'autre un canard...

UN OUVRIER. — Ce sont donc là des ogres, des gargantua?... Quel singulier tableau nous présentez-vous là, père Lamiche?

LAMICHE. — On voit bien, jeune homme, que tu n'as jamais quitté les cotillons de ta mère, et l'expérience te manque. Demander une portion de ci, une portion de ça, c'est trop long... On demande la pièce tout entière: un bœuf! c'est bientôt dit, et, nonobstant, tu n'as tout juste que ta petite part, oui, toute petite. Mais écoutez ceci: Pendant que chacun se livre à l'exercice fortifiant que tout le monde connaît, l'on cause; de savants compagnons se font entendre, et, en même temps que la bouche, l'oreille reçoit sa pâture et l'esprit se nourrit des meilleurs aliments. Si l'on a dessiné, si l'on est devenu habile ouvrier, et si avec cela on a des principes et de la moralité, l'on vous reçoit compagnon, l'on vous finit, l'on vous élève par l'élection.... On vous orne de rubans, de faveurs; on vous met la canne en main. Tout cela est brillant, encourageant. L'on veille même à la

propreté, à la mise de chacun, à l'hygiène de tous; la
société est une mère. L'on voyage de ville en ville, trou-
vant partout des frères. L'on embauche, on lève les
acquits, on soulage les malades; les faibles sont sans
cesse soutenus, les intérêts des ouvriers et des maîtres
sont également sauvegardés. Mais les fripons sont flétris,
les voleurs sont chassés sans miséricorde et sans retour.

PLUSIEURS OUVRIERS. — Tout ça est bien, père Lamiche, tout ça est bien.

LAMICHE. — Autrefois on se battait à outrance....
Il faut entendre M. Bernard et M. Jaillet parler de
leurs temps... C'était ça un drôle de temps... Il y avait
des bras, des jambes, des oreilles, des nez meurtris,
cassés, coupés, répandus partout, il y avait des suppres-
sions d'existences... et ils prétendent que leur époque
était la bonne époque, et qu'alors seulement il y avait
vraiment des hommes.

UN OUVRIER. — Chacun son goût, mais moi je n'aurais pas aimé ces divertissements-là.

LES AUTRES OUVRIERS. — Moi non plus, moi non
plus.

LAMICHE. — Les routes sont libres maintenant, et tant
mieux! Cependant il reste à faire; il y a des hauteurs,
des fiertés, des glorioles, des aveuglements, des bizar-
reries anciennes, qui doivent prendre fin, même des pro-
vocations, témoin le concours qui va s'engager... Mais,
lutte pour lutte, mieux vaut celle du talent que celle de
la force. L'émulation est excitée et de savants ouvriers
se forment. Est-ce que tout cela ne vous touche pas,
jeunesse?

PLUSIEURS. — Mais si, mais si.

LAMICHE. — Ah! si je redevenais jeune; comme je
voyagerais! Je partirais le cœur droit, la pensée haute,
en disant: je veux devenir un homme. Je boirais bien
encore quelques coups, mais je garderais du temps
pour dessiner, pour m'instruire... Je serais comme un
apôtre, je répandrais partout les ressources de mon esprit,
et au lieu de rapporter au pays natal des bagues à mes
doigts, une montre d'or à breloques dans mon gousset,
des jabots et des dentelles à mes chemises, des nigaude-
ries à la dernière mode sur tout mon corps, et les

ténèbres dans mon cerveau, comme font les plus huppés (je ne parle pas des autres), je reviendrais avec des livres, des vignoles, des dessins, des modèles, des connaissances, de l'expérience, une mise sévère, le front rayonnant, et ce serait là une fameuse richesse... Je voudrais faire enfin comme ont fait les deux beaux jeunes gens qui viennent d'arriver et dont le retour a ému toute la ville. Pauvre Lamiche... ce qui est fait est fait. . On n'y peut revenir. La vie n'est pas à recommencer, et c'est dommage... Allons! ne pensons plus à tout cela, et pas de regret... Mais vous autres, jeunes gens, faites mieux que moi.

PLUSIEURS. — Oui, oui, nous voyagerons.

D'AUTRES. — Et nous nous instruirons.

LAMICHE. — J'y compte; rien que ça me fait déjà du bien. Mais attention! C'est ici que Pierre et Jules, accompagnés de leurs pères, doivent se rendre pour se réunir aux principaux membres des deux sociétés rivales qui, avant de faire entrer en lice ces deux concurrents, ont encore quelques points à régler. Je ne suis pas curieux, cependant j'aime à tout savoir... Entendez-vous le bruit des pas?... Ils arrivent.. Restons par là... Notre présence n'offensera personne.

## SCÈNE II.

LAMICHE, Ouvriers, LE 1er COMPAGNON, LE 1er ANCIEN, LE 1er EN VILLE. Rouleurs, Compagnons, PIERRE, JULES, BERNARD, JAILLET, TULLE-LA-RIGUEUR à l'écart. Les compagnons ont leurs cannes; les couleurs sont rentrées. Les compagnons entrent par le fond; Bernard et son fils à droite, Jaillet et son fils à gauche.

LE 1er COMPAGNON. — Notre concurrent est arrivé, vous ne l'ignorez pas; le vôtre ne vous a pas fait défaut, nous en sommes informés, et les voilà qu'ils viennent, accompagnés de leurs pères, se réunir à nos deux groupes. Nous, compagnons du Devoir de Liberté, nous avons hâte de faire entrer en chambre et de faire commencer les travaux qui doivent illustrer notre société.

LE 1er EN VILLE. — Quant à nous, compagnons

du Devoir, nous sommes prêts, et nous attendons de ce concours la plus grande gloire pour les enfants de maître Jacques. Au reste, le passé nous rassure sur l'avenir.

LE 1er COMPAGNON. — N'invoquez pas le passé, ne dénigrez pas l'œuvre de nos pères : voyez ce qu'ont produit dans la ville de Montpellier (1), lorsqu'ils vous furent opposés, Dauphiné-sans-Quartier, Dauphiné-le-Républicain, Percheron-le-Chapiteau, et tombez en admiration devant tant de talents... Que l'esprit de parti ne nous aveugle pas; soyons de notre siècle.

PIERRE-LE-BORDELAIS. — Auriez-vous la prétention d'amoindrir l'œuvre de notre illustre Ignace-le-Liégeois, notre concurrent directeur, qui soutint notre gloire de toute sa puissance, conquit ensuite si noblement son diplôme d'architecte dans la ville de Montpellier, et fut si justement considéré de toute sa population.

JAILLET. — Très-bien ! mon fils.

L'AMI-DU-TRAIT. — Nous avons de l'estime pour votre concurrent principal de 1804, mais payez d'un juste retour les savants ouvriers qui s'illustrèrent en vous combattant

BERNARD. — Mon fils n'est pas exigeant, peut-être pourrait-on demander davantage.

PIERRE-LE-BORDELAIS. — Oui, vos travailleurs étaient savants; ils produisirent une belle œuvre; bien fou qui le conteste... mais, il fallait la voir dans son ensemble, on n'en pouvait rien détacher. Les nôtres agirent autrement, ils ne collèrent absolument rien, tout pouvait se détacher pièce par pièce. Les parties les plus invisibles de ce beau travail étaient d'un extrême fini; chaque assemblage était un petit chef-d'œuvre, et les mortaises et les tenons s'emboîtaient à merveille. Le papier le plus mince adhérant à plat au fond d'une mortaise eût nui à la parfaite jointure des arrasements. Tout portait, et voilà sur quoi nous eûmes l'avantage.

JAILLET. — Bien dit ! mon fils, bien dit !

(1) Le concours de Montpellier n'est pas une fable inventée à plaisir, c'est un fait réel qui a produit deux chefs-d'œuvre très-remarquables de menuiserie, chefs-d'œuvre qu'il serait bon d'exposer à tous les regards pour exciter l'émulation parmi les ouvriers de la partie.

Le 1er COMPAGNON. — Le talent du menuiser, dans la question qui nous occupe, ne réside pas dans le fini exagéré des parties invisibles. Que m'importe que le tenon touche au fond de la mortaise ou qu'il y reste un minime espace vide : tout ouvrier qui sait son état pourrait, avec du temps à perdre, résoudre une telle difficulté, qui ne demande que de la patience et nul effort du cerveau. Laissons donc le passé et parlons du présent. Deux chefs-d'œuvre doivent être créés par nos deux sociétés... Quant à moi, voici ma recommandation : Ami-du-trait, laissez travailler votre imagination ; qu'elle vous révèle les formes de votre œuvre, et que ces formes soient neuves, grandioses, sublimes... Voilà la question d'art. Ensuite, employez vos connaissances géométriques, le trait, les projections, les développements, les combinaisons de lignes les plus savantes, les plus profondes, les plus logiques, travail tout de raisonnement, tout d'application, et que toutes les difficultés soient vaincues. Voilà la question de science. Que chaque partie de l'œuvre s'adapte sans effort, sans disparate au corps principal. Que vos mains, dont nous connaissons la souplesse, se dépassent elles-mêmes pour bien couper, bien assembler, bien régulariser, bien polir le tout. Arrondissez ce qui doit l'être, respectez les angles, les arêtes qui doivent conserver leur vivacité. Que le bon goût soit votre guide sévère. Soyez digne de nos anciens, et notre société vous en récompensera par de la gloire et par son amour. — A vous, compagnons du Devoir, de suivre la voie qui vous paraîtra la meilleure.

Le 1er EN VILLE. — Pierre-le-Bordelais, suivez les traces de notre immortel Ignace-le-Liégeois, l'homme inspiré parmi nos travailleurs d'alors, vous aurez bien mérité de notre société et votre illustration égalera la sienne. Maintenant, écoutez ceci : vous allez suivre les compagnons de Liberté, ils vous introduiront dans la chambre qui vous est destinée et où tous les objets nécessaires à votre travail vous attendent. Nos adversaires vous garderont à vue ; nous ne pourrons vous faire visite sans que l'un de vos gardiens soit présent. Vous ne manquerez de rien ; tout ce que vous demanderez concernant votre œuvre, bois, papier, outils, vous sera fourni ; mais, vous ne pourrez recevoir aucun conseil, ni de vive voix ni par écrit. Vous devez porter dans votre tête et dans vos bras tous vos moyens d'exécution. La même position est faite à Bordelais-l'Ami-du-trait, que nous allons accompagner au lieu qui l'attend. Vous avez un an pour accomplir votre tâche, et vous ne pourrez sortir de temps à autre que sous l'œil de vos surveillants. Vous êtes l'un et l'autre le point de mire du Tour de France ; l'on parlera de vous dans l'avenir, votre tâche est glorieuse, mais bien rude, pensez-y mûrement.

PIERRE-LE-BORDELAIS. — Je me dévoue sans réserve.

L'AMI-DU-TRAIT. — Il n'est rien que je ne fasse pour ma société.

LE 1er COMPAGNON. — Ami-du-trait, si vous perdez, les Gavots sont vaincus et doivent quitter la ville.

LE 1er EN VILLE. — Pierre-le-Bordelais, si vous avez le dessous, Bordeaux nous repousse, et nous devons nous éloigner. Quelle honte pour le Devoir.

JAILLET. — Enfant, du courage.

PIERRE. — Oui, père.

BERNARD. — Enfant, tâche de te surpasser.

JULES. — Père, comptez sur mon dévouement.

(Les pères embrassent leurs enfants et se retirent tout pensifs. Bernard à droite, Jaillet à gauche. Les compagnons, amenant les concurrents, s'éloignent en deux groupes par le fond. Les autres se dispersent de tous les côtés.)

## SCÈNE III.

### TULLE-LA-RIGUEUR, LE 1er ANCIEN.

TULLE (resté jusque-là seul à l'écart, observant, marche vivement à la suite d'un compagnon un peu en arrière).—Pays ! pays ! retournez sur vos pas .. Venez ici. Deux mots. Le concours est résolu. Ils vont entrer en chambre... La lutte va s'engager... Mais vous ignorez un mystère...

LE 1er ANCIEN. — Quel mystère?

TULLE. — Une infamie ! une trahison !

LE 1er ANCIEN. — Une trahison? Parlez

TULLE. — L'Ami-du-trait est amoureux.

LE 1<sup>er</sup> ANCIEN. — Où voyez-vous le mal ? que prouve cela ?

TULLE. — Mais amoureux de la fille de Jaillet, de la sœur de son adversaire. Il en est fou, il n'a plus sa tête ; il fera tout pour l'obtenir.

LE 1<sup>er</sup> ANCIEN. — Quoi! est-ce possible?

TULLE. — C'est sûr, très-sûr... Si le concours s'engage nous sommes perdus, déshonorés, flétris... Pourquoi avez-vous dédaigné des hommes de cœur, vieillis dans le service, des capacités qui ont fait leurs preuves ?... Je suis là; comptez sur moi... ma liberté, mon sang vous appartiennent. Voulez-vous que je vive ? je vis; voulez-vous que je meure ? je meurs ; je suis tout à la société... je m'offre sans réserve.

LE 1<sup>er</sup> ANCIEN. — Ce n'est pas le temps des longs discours, et, en toute hâte, je vais éclairer la société, qui ne peut s'aventurer sur un pareil terrain. (Il s'en va par le fond.)

## SCÈNE IV.

### TULLE-LA-RIGUEUR, PICARD, entre à droite.

PICARD. — Eh bien ! quoi de nouveau ?

TULLE. — J'ai accompli ma tâche, mais mes nerfs se crispent, je suis irrité, mécontent de tout le monde, de moi, de toi, et, pour me remettre un peu l'esprit, j'ai envie de t'assommer.

PICARD (reculant épouvanté). — M'assommer! m'assommer! n'y pensez-pas, calmez-vous, Tulle, mon ami. (Le regardant avec tendresse et joignant les mains.) Mon cher ami.

TULLE. — Voyons ! en garde ! et pas tant de paroles et de grimaces.

PICARD. — Eh mais, je ne me bats jamais! jamais... (A part.) J'ai la main si malheureuse!

TULLE. — En garde donc.

PICARD. — Mon Dieu! mon Dieu! je ne sais où me fourrer... Sauvons-nous. (Il court de tous les côtés. Tulle le poursuit, le rattrape et le ramène le tenant par l'oreille. Picard se jette à genoux, étend les bras et pousse une sorte de cri de détresse.)

TULLE. — Je suis touché, calmé. Relève-toi... Adieu.
(Il s'en va par le fond.)

PICARD. — Adieu, adieu, mon ami, mon doux et tendre ami.

## SCÈNE V.

### PICARD.

Le voilà parti. Quel être fantasque, brutal... Il est toujours en fureur... Cependant il n'en vaut pas deux. Si je n'étais pas plus modéré que lui nous aurions de rudes prises de corps... Je suis pacifique ; bien lui en prend! Mais l'on n'est pas toujours maître de soi. Mon sang pourrait bien s'enflammer à la fin, et alors, malheur à qui me taquine... Méditons un peu ; oui, méditons... que faire?... Se contenir, se contenir. Au reste Tulle a rempli sa tâche auprès des compagnons de Liberté, il a servi mes intérêts, et cette action plaide sa cause devant ma personne, et la fait triompher. Je le pardonne! je le pardonne! De mon côté j'ai prévenu les compagnons du Devoir. Il doit y avoir en ce moment du grabuge quelque part. Je suis tout de même un fameux malin!... J'aurai Rose! je l'aurai... elle ne peut m'échapper... On a bien raison de le dire, avec de la persévérance et du génie on vient à bout de tout. Mais voilà M. Jaillet venant de mon côté; abordons-le prudemment et terminons l'œuvre si bien commencée.

## SCÈNE VI.

### PICARD, JAILLET, entre à gauche.

PICARD. — Bonjour, monsieur Jaillet.

JAILLET. — Bonjour.

PICARD. — Savez-vous ce qui se passe ?

JAILLET. — Pourquoi ne le saurais-je pas ?

PICARD. — Et votre fils?

JAILLET. — Il vient d'entrer en lice.

PICARD. — Tant pis.

JAILLET. — Comment, tant pis! explique-toi ?

PICARD. — Et croyez-vous qu'il va faire triompher les Devoirants?

JAILLET. — Si je le crois! et qui pourrait en douter?

PICARD. — Moi.

JAILLET. — Toi? jeune blanc bec... Si je ne me retenais pas... je te...

PICARD (recule effrayé). — Doucement! doucement! On n'assomme pas les gens sans les entendre. (D'un air bénin.) Si vous saviez ce que je sais, vous changeriez de ton.

JAILLET. — Et que sais-tu? voyons!

PICARD. — Ce que je sais, c'est que votre fils est amoureux... Voilà!

JAILLET (le contrefaisant). — Voilà!... Et amoureux de qui?

PICARD. — De la fille d'un Gavot.

JAILLET. — D'un Gavot! c'est impossible.

PICARD. — Cela est pourtant, et ce Gavot s'appelle monsieur Bernard.

JAILLET. — Quoi! mon fils épris de Rose! la fille de celui que je déteste... la sœur de son adversaire!... encore une fois, c'est impossible.

PICARD. — Je l'ai vu, je l'ai entendu lui parler avec soumission, avec prière; lui presser la main... il se donnait à elle corps et âme; il était fou, et il est capable de tout pour lui complaire.

JAILLET. — Qu'entends-tu par là?

PICARD. — Il est le concurrent des Compagnons du Devoir, et l'amour l'aveugle... je crains pour son triomphe... Quelle honte si les enfants de maître Jacques venaient à succomber...

JAILLET. — Va-t'en! va-t'en, infâme calomniateur...

PICARD. — Je ne calomnie pas.

JAILLET. — Fuis! ou crains pour tes jours.

PICARD. — Sauvons-nous, sauvons-nous!... ce vieillard est violent et serait capable de me tuer... sauvons-nous... (Il se sauve par le fond.)

## SCÈNE VII.

### JAILLET, abattu.

Quoi! Pierre, tu serais capable de trahir ton Devoir,... d'aimer la fille d'un Gavot,... de manquer à ta gloire,...

de me faire mourir de honte?... Je suis tout troublé...
J'éprouve des frissons,.... et je ne sais où j'en suis...
Mais voici un vieillard aussi triste que moi... qu'a-t-il
donc ?

## SCÈNE VIII.

### JAILLET, BERNARD , entre à gauche.

BERNARD (se croyant seul). — La confusion est au
camp des Gavots... elle gagne partout... je viens de recevoir de pénibles nouvelles... Mon fils se déshonore;... il
torture mon cœur ; il creuse ma tombe. (Apercevant Jaillet.) Et c'est toi, toi que je rencontre ici, qui es l'auteur
de mon profond chagrin.

JAILLET. — C'est mon fils qui ternit sa réputation,
c'est ta maison qui fait la perte de la mienne.

BERNARD (avec concentration et se parlant à lui-même.) —
Malheureux Jules! abandonner ta cause,... trahir ton
Devoir,... desservir le grand roi Salomon, qui du haut
du ciel avait les eux sur toi...; souiller mes cheveux
blancs...

JAILLET (de même). — Malheureux Pierre! renoncer
à la gloire qui te souriait,... remplir d'indignation
l'âme du grand maître Jacques, qui de là-haut voit tout
ce qui se passe ici-bas;... blesser le cœur de ton père,...
assombrir ma vieillesse,... me faire détester la vie...

## SCÈNE IX.

### JAILLET, BERNARD, JULES, entre par le fond.

JULES. — Mon père...

BERNARD. — C'est toi? quoi! que viens-tu faire ici,
traître! Va-t-en, et ne reparais plus devant mes yeux.

JULES. — Mais, mon père, je ne trahissais pas...
j'aurais servi ma société avec toute l'ardeur dont je
suis capable.

BERNARD. — Mais tu aimes Louise, la fille de Jaillet,
la sœur de ton adversaire, et cela mène loin.

JAILLET (bas et ému). — Quoi! il aime ma fille et ma
fille le supporterait!... Mon malheur pourrait-il aller
jusque-là ?

BERNARD. — Retire-toi, Jules, retire-toi. Laisse-moi seul avec ma douleur. (Jules se retire par le fond.)

## SCÈNE X.

### JAILLET, BERNARD, PIÈRRE, entre à droite.

PIERRE. — Mon père, qu'avez-vous?

JAILLET. — Ce que j'ai? misérable!... ignores-tu que je suis instruit de tout? Peut-on ainsi trahir le devoir?

PIERRE. — Je ne trahissais pas... je le servais avec amour, dévouement, et j'aurais donné ma vie pour le faire triompher. Mais la calomnie, qui salit tout, est intervenue... J'ai été mal compris, et le concours est ajourné.

JAILLET. — Mais, traître, tu aimes la fille du Gavot; ta passion n'a plus de frein;... tu te donnes sans réserve à Rose, et tu flétris mes vieux ans.

BERNARD. — A Rose? à ma fille?

JAILLET. — Oui; à ta fille.

BERNARD. — Je n'ai donc plus d'enfant, je reste seul au monde... Que devenir?

JAILLET. — Retire-toi, malheureux enfant... Evite ma colère... mon sang bout dans mes veines... Je serais capable de m'oublier et de commettre un crime... Va-t'en. (Pierre s'en va par le fond.)

## SCÈNE XI.

### JAILLET, BERNARD, ROSE, entre à gauche.

ROSE. — Mon père, que vous êtes triste... pourquoi chasser Jules comme un malfaiteur? Il est toujours l'appui de son devoir, il est tout amour pour son père... O mon père, revenez à vous, vous êtes si bon.

BERNARD. — Jules m'a trahi, et tu viens demander sa grâce... mais toi-même, es-tu si innocente? N'aimes-tu pas le fils du Dévorant, de l'ennemi de ton père?... Tu restes interdite... et ton silence n'est que trop éloquent... Je comprends toute l'étendue de mon malheur. Va-t'en; ne me tourmente pas un instant de plus. Laisse couler mes pleurs.

Rose. — Mon père! mon père!

Bernard. — Va-t'en, va-t'en. (Rose sort à droite.)

## SCÈNE XII.

### JAILLET, BERNARD, LOUISE, entre à gauche.

Louise. — Père! père! pourquoi tant de tristesse? Pierre se désole et je tremble pour ses jours. Ne causez pas sa mort; dites-lui que vous l'aimez toujours. Père! père! exaucez-moi.

Jaillet. — Serpent, quoi! tu veux m'enlacer? Arrière! arrière! C'est toi qui oses demander la grâce de ton frère? quelle simplicité et quelle naïveté... Mais, malheureuse, pense à toi-même. Qui t'a permis d'aimer le fils d'un Gavot, le rival de talent de ton frère?... Parle! m'a-t-on dit vrai? Tâche de te laver de cette abominable imputation. Aimes-tu le fils de l'homme que voilà?... Tu ne dis mot... tu restes muette. J'en sais assez;... fuis; éloigne-toi;... redoute ma fureur.

Louise. — O mon Dieu! mon Dieu! venez à notre aide.

Jaillet. — Va-t'en! va-t'en! ta présence me fait du mal. (Louise sort à gauche.)

## SCÈNE XIII.

### JAILLET, BERNARD.

Jaillet. — Gavot! Gavot! auteur de ma ruine, destructeur de ma famille,... je te maudis... Oh! j'étouffe... j'étouffe.

Bernard. — Dévorant! ne m'as-tu pas fait assez de mal?... ne m'as-tu pas privé de mes enfants?... ne m'as-tu pas déshonoré?...Oh! laisse-moi gémir en paix. (Bernard sort à droite, Jaillet à gauche.)

FIN DU TROISIÈME ACTE.

# ACTE QUATRIÈME.

## SCÈNE PREMIÈRE.

LE 1er COMPAGNON, LE ROULEUR, avec leurs cannes.

LE 1er COMPAGNON. — Nous avons chassé Jules avec
bien de la rudesse. Pourtant sa culpabilité n'est point
avérée. Son âme s'est enflammée, il aime la fille d'un
compagnon du Devoir, et voilà ce qui dépassait les pré-
visions de nos ancêtres... Ils ont vécu au temps des
luttes violentes, des carnages, et cela se conçoit de leur
part ; mais à l'époque où nous sommes, au milieu de
tant de progrès, nous devons proclamer bien haut qu'un
compagnon du Devoir est un homme comme nous, et
notre frère par conséquent. Jules a donné son cœur à
la fille de M. Jaillet, à la sœur de son adversaire,
et cependant j'ai la conviction qu'il eût fait son devoir.
Pourquoi nos concours de société à société? Pour exciter au travail, pour produire l'émulation, pour faire
naître de bons ouvriers... Voilà tout, et les compagnons
du Devoir doivent penser comme nous-mêmes. Je le répète, nous nous sommes trop hâtés. Tulle-la-Rigueur a
agi dans la mesure de son caractère. L'on connaît son
dévouement, mais l'on connaît aussi son extrême pré-
somption et son extrême ambition. Nous nous sommes
laissé circonvenir, et nous avons sottement ajourné le
concours et froissé nos concurrents.

LE ROULEUR. — Ne pourrait-on pas rappeler les
hommes un moment méconnus, et reprendre le travail
comme si de rien n'était? Il est à croire que ces deux
savants ouvriers ne refuseraient pas de retourner à leurs
postes, bien qu'on les en ait éloignés d'une manière
fort humiliante.

LE 1er COMPAGNON. — Non, cela ne se peut plus. Le

concours est ajourné, et plus qu'ajourné sans doute...
Rouleur, il nous faut une assemblée, ce qui sera très-
facile, nos compagnons étant encore réunis chez la mère
de conduite, à quelques pas d'ici. Je veux porter la parole en faveur de l'Ami-du-trait. Il ne mérite pas la
rigueur dont il a été l'objet. Il est bon de réviser tout
jugement que l'erreur entache. Foulons donc sous nos
pieds tout aveugle orgueil qui opprimerait notre conscience et nous éloignerait du chemin de la justice. Il
faut le réconcilier avec la société, car c'est un bon compagnon; il faut le réconcilier avec son père, car c'est
un bon fils; il faut plus que cela, il faut aider à son mariage, s'il est possible... Allez! Rouleur, allez! faites
monter en chambre, et je vous suis.

Le Rouleur. — J'obéis avec joie à un tel ordre; je
comprends la justice de vos raisons, et je vous secon-
derai de toutes mes forces. (Il sort par le fond.)

## SCÈNE II.

### LE 1er COMPAGNON, LE 1er EN VILLE, avec sa canne, entre par le fond.

Le 1er compagnon. — Eh bien! voilà le concours
en mauvaise voie, nos concurrents chassés... Je crois
que de part et d'autre nous avons été bien prompts.
J'ai la certitude que Bordelais-l'Ami-du-trait ne nous
trahissait pas, et qu'il eût fait une belle œuvre.

Le 1er en ville. — J'ai la même pensée sur
Pierre-le-Bordelais. Je le connais, son âme est loyale;
incapable d'une bassesse. Quelque chose de grand fût
sorti de ses mains. Nous avons cédé à un fâcheux en-
traînement... Chacun le reconnaît maintenant. J'ai or-
donné à mon rouleur de commander l'assemblée de nos
compagnons dans un lieu voisin et de se hâter. Je veux
que la lumière se fasse, je veux qu'il y ait une complète
réhabilitation, et que M. Jaillet, qui est violent et non
méchant, pardonne à son fils.

Le 1er compagnon. — Je viens d'ordonner la même
chose à mon rouleur. Il est honteux aux sociétés
de repousser leurs hommes de mérite, leurs plus écla-
tantes lumières, ceux qui sont leur gloire et leur espé-

rance. Que les natures envieuses, jalouses, méchantes, trop nombreuses en ce monde, qui détestent toute supériorité, tout ce qui est grand, tout ce qui les domine, cherchent à troubler les esprits, à exciter les mauvaises passions, à pousser, à force de mensonges, de calomnies, de coupables insinuations, les foules dans le mal, c'est là leur rôle ; mais nous, cœurs loyaux, amis de la vérité, ne soyons pas leurs dupes ; et si l'erreur a pu nous égarer un moment, gardons-nous de toute obstination, de toute fausse honte, et revenons bien vite à la bonne voie. Servons donc les fils auprès des pères ; introduisons la paix, l'union dans les familles ; c'est là une noble tâche, digne de nous tous.

Le 1ᵉʳ en ville. — D'accord ; calmons l'effervescence ; répandons des idées saines, inspirées par celui qui est là-haut ! Repoussons tout égoïsme, toute lâche paresse, toute criminelle jalousie, et soyons des hommes !... Que la jeunesse comprenne son époque, que la paix succède à la lutte, l'amour à la haine ; rassurons les familles ; soyons les inspirateurs, les directeurs, les protecteurs des nouvelles générations de jeunes travailleurs, et restaurons le Tour de France.

## SCÈNE III.

### LE 1ᵉʳ COMPAGNON, LE 1ᵉʳ EN VILLE, PIERRE, entré à gauche.

Le 1ᵉʳ en ville. — Pierre, que de tristesse sur ton front !... Mais sois sans fiel envers ta société : elle se reproche sa fatale précipitation. Une assemblée a été convoquée ; je m'y rends à l'instant, viens avec moi ; justice te sera rendue, et à la tempête vont succéder les jours les plus radieux.

Pierre. — J'ai été méconnu, mon cœur a été froissé, mais que la vérité répande partout sa lumière, que toutes les mains se pressent, et je suis heureux.

Le 1ᵉʳ en ville. — Très-bien. Et vous, chef des compagnons du Devoir de Liberté, suivez vos généreuses inspirations. (Ils sortent par le fond.)

Le 1ᵉʳ compagnon. Je n'y manquerai pas.

## SCÈNE IV.

### LE 1er COMPAGNON.

Voilà un Premier en Ville charmant, avec lequel on peut s'entendre. J'en félicite les compagnons menuisiers du Devoir. Il ne conteste pas sur un mot, mot capital pour la plupart des siens, et cela prouve en sa faveur. Il est généreux, il est large d'idées, et je m'en réjouis. Eh mon Dieu! compagnons du Devoir, compagnons du Devoir de Liberté, ne sommes-nous pas tous égaux et tous parents...

## SCÈNE V.

### LE 1er COMPAGNON, JULES, entre à droite.

LE 1er COMPAGNON. — L'Ami-du-Trait, venez auprès de moi et calmez-vous. Nous voulons qu'aujourd'hui même tout malentendu disparaisse. La société reconnaîtra son erreur... votre père s'adoucira... J'ai rêvé une vaste réconciliation.

JULES. — Pour vous personnellement je ne suis donc pas coupable?

LE 1er COMPAGNON. — Non; et mon avis sera l'avis général. Mais, de votre côté, serez-vous sans rancune? Pardonnerez-vous à la précipitation, à l'erreur?

JULES. — Vous pouvez y compter; mon cœur n'est point méchant; il ne peut comprendre les hommes qui se vengent de leurs sociétés ou de leurs patries; et mon âme ne soupire que pour le triomphe du bon et du juste sur la terre.

LE 1er COMPAGNON. — Eh bien! venez chez la mère de conduite; une réunion nous y attend, et le retour sera prompt, je puis vous l'assurer.

## SCÈNE VI.

### LE 1er COMPAGNON, JULES, ROSE, entre à droite.

ROSE. — Mon frère, où vas-tu?

JULES. — A quelques pas d'ici... Que ta figure est

pâle... Ma sœur, calme ton esprit ; rappelle l'espérance dans ton cœur, et que ton courage soutienne un peu le mien. Je reviens dans un instant. (Ils sortent par le fond.)

Rose. — Oh! reviens bien vite ; ne me laisse point seule.

## SCÈNE VII.

ROSE, après s'être promenée un moment :

AIR nouveau.

O mon Dieu ! mon Dieu !
Soutiens mon courage...
Eloigne de ce lieu
Le plus sinistre orage.
D'un cœur soumis et pur
Je t'invoque et t'implore,
Fais briller ton aurore ;
Que le ciel se colore
De vermeil, de rose et d'azur.
    Puissance suprême,
Vois ce cœur gémissant.     } bis.
Protége ton enfant.
    Je t'aime ! je t'aime ! (1)

( Rose marche lentement en joignant les mains et regardant le ciel ; sa prière est muette et profonde.)

## SCÈNE VIII.

ROSE, LAMICHE, entre à droite.

Lamiche. — Mademoiselle Rose, je crains de vous déranger.

Rose. — Non, non, avancez.

Lamiche. — Quelle fatalité se déchaîne sur nous.

Rose. — Que devenir !...

Lamiche. — Votre frère souffre, votre père veut

(1) A l'exception des trois couplets reproduits de Vendôme-la-Clef-des-Cœurs, des quatre couplets chantés dans la scène grotesque, tous les autres sont de moi. Cependant, plus d'une de mes chansons n'est pas là dans son entier. J'adresse les amis de la chanson au *Livre du Compagnonnage* et au *Chansonnier du Tour de France*, où ils trouveront, composées par soixante ouvriers de tout métier, de tout Devoir, plus de deux cents chansons de Compagnons.

mourir; M. Jaillet, malgré son air terrible, n'est pas plus heureux; sa fille ne fait que pleurer, Pierre éprouve aussi de poignantes douleurs, et les deux mères sont plus mortes que vives. Quant à Picard et Tulle-la-Rigueur, je n'en dirai rien; des motifs secrets les ont fait agir. Nous verrons plus tard. Les compagnons me semblent les plus raisonnables. Ils reviennent aux hommes qu'ils ont eu le malheur de méconnaître, et je n'entends de leur part que de très-bonnes paroles. Un bon vent souffle de leur côté, vent de progrès, vent rafraîchissant et doux... Je ne sais, mais j'ai de l'espoir.

Rose. — Que votre cœur est bon, père Lamiche! continuez à nous être favorable; nous avons besoin de votre secours.

Lamiche. — Après l'orage le beau temps! Voilà un vieux proverbe... Eh bien, il ne mentira pas aujourd'hui : quelque chose d'en haut semble me l'assurer.

## SCÈNE IX.

### ROSE, LAMICHE, LOUISE, entre à gauche.

Louise. — Rose! ma chère Rose! donne-moi ta main... Embrasse-moi... Sois ma sœur; sois mon appui... Aime-moi comme je t'aime.

Rose. — Oui, Louise, je t'aime, mais que ton courage vienne réchauffer le mien. Quelle est donc notre destinée! Nos cerveaux, nos cœurs ont subi les mêmes impressions, les mêmes influences... Nous ne nous appartenions plus; nous nous étions données mentalement, idéalement, sans en avoir entière conscience, et nous ne savions à qui... Quelle chose étrange, incompréhensible!... Quel mystère! Mais nous n'étions point abusées; nous ne soupirions pas pour des êtres indignes de nous : c'étaient l'intelligence, la probité, quelque chose de divin qui nous avaient conquises; c'était l'âme qui s'était emparée de l'âme. Nous vivions dans les rêves, les illusions, les régions de la pensée, et notre amour paraissait une chimère... Mais voilà que tout à coup la chimère prend un corps et se fait réalité. Qui eût pu prévoir hier ce qui se passe aujourd'hui?

Louise. — Et ce qui eût dû faire notre bonheur enfante les dissensions, trouble deux familles, et fait notre misère. Pourquoi en est-il ainsi ? Nos frères ne sont-ils pas aussi doux, aussi purs l'un que l'autre ? Mon père et le tien ne jouissent-ils pas également de l'estime générale ? Avons-nous manqué à la soumission, au respect, à l'austère réserve, à la sainte pudeur ? Nos bouches ont-elles seulement trahi le vague secret de nos cœurs ? Non, pas un mot : quelques larmes furtives... voilà tout. Et l'on nous chasse comme des criminelles. Ah ! que nous souffrons tous !... Comme ma mère doit gémir !... et je n'ose aller la consoler. Je ne sais que devenir. Ma Rose, sois mon soutien.

Rose. — Ma Louise, ne nous séparons-pas. J'ai aussi besoin de ton secours. Soyons forte l'une par l'autre.

Lamiche. — Mais, mes enfants, vous me faites pleurer. Pourquoi me faire sortir de mon caractère ? Laissez-moi toute ma force ; j'en ai besoin. Voyons ! du courage ; ne vous laissez pas abattre : aidons-nous, et Dieu nous aidera. Mais voici M. Bernard. J'ai besoin de lui parler. Éloignez-vous un moment. ( Rose et Louise se retirent par le fond et se cachent dans les arbres. )

## SCÈNE X.

### LAMICHE, BERNARD, entre à droite.

Lamiche. — Monsieur Bernard, voyons ! pas tant de trouble, pas tant de désespoir... A quoi bon répandre tant de larmes ! Ayons de la philosophie, que diable, vos enfants ne sont pas morts... Est-ce que le bon Dieu n'est pas le bon Dieu de tout le monde ? est-ce que tous les hommes ne sont pas frères ?

Bernard. — Je ne dis pas non, Lamiche, mais j'ai besoin d'être seul et de gémir tout à mon aise. Adieu.

Lamiche. — Mais écoutez un instant.

Bernard. — Va, va, laisse-moi. ( Il sort par le fond.)

Lamiche. — Comme il me quitte brusquement. Laissons-le pleurer ; ça le guérira peut-être. Mais voici M. Jaillet.

## SCÈNE XI.

**LAMICHE, JAILLET,** entre à gauche.

**LAMICHE.** — Monsieur Jaillet, et quoi ! toujours de la tristesse.

**JAILLET.** — Mêle-toi de tes affaires.

**LAMICHE.** — Est-ce qu'il ne dépendrait pas de vous d'être plus heureux ?

**JAILLET.** — Laisse-moi tranquille.

**LAMICHE.** — Votre fils n'est pas un monstre.

**JAILLET.** — Qui est-ce qui te demande quelque chose ?

**LAMICHE.** — Les compagnons du Devoir lui rendront justice... Et puis, à quoi bon s'acharner ainsi de société à société ? Est-ce que tous les hommes ne sont pas des hommes ?

**JAILLET.** — Pas toujours ! pas toujours.

**LAMICHE.** — Que je vous dise toute ma pensée.

**JAILLET.** — Que je me sauve de ce babillard-là. ( Il sort à droite.)

**LAMICHE.** — Le voilà parti... Mais qui vois-je arriver de ce côté, avec un air singulier ? Deux bons apôtres. Abordons-les un moment.

## SCÈNE XII.

**LAMICHE, PICARD, TULLE-LA-RIGUEUR,** entrent par le fond.

**LAMICHE.** — Eh bien! que dites-vous de ce qui se passe ? En voilà des discordes... C'est la tour de Babel; c'est la confusion des langues... On ne se comprend plus nulle part. Est-ce que tout cela ne vous attriste pas un peu ? Si M. Bernard repoussait Jules, si M. Jaillet, emporté par la passion, chassait son pauvre Pierre loin de sa demeure, n'en seriez-vous pas bien affligés ?

**PICARD.** — Pourquoi pas ?

**TULLE.** — A quoi sert d'en douter ?

**LAMICHE.** — Cette pauvre Rose ! elle va se trouver sans amoureux...

PICARD. — Que vous importe ?

LAMICHE. — Et les Gavots seront privés de leur plus sublime ouvrier.

TULLE. — Cela vous plaît à dire.

LAMICHE. — Enfin je vois que les malheurs d'autrui ne vous touchent que fort peu... Mais, sort inespéré ! Voici venir Pierre et Jules, la figure souriante, la main dans la main, et des compagnons des deux sociétés, en tenue, leur faisant suite. La gaieté semble régner partout. Il y a du nouveau, il n'en faut pas douter.

## SCÈNE XIII.

### LAMICHE, PICARD, TULLE; PIERRE, JULES,
COMPAGNONS délégués des deux associations, avec cannes et couleurs. Entrée par le fond.

LAMICHE. — Pierre ! Jules ! Que je suis content de vous voir ainsi côte à côte et suivis par un cortège de braves compagnons ! Il y a, je le vois, d'heureuses transformations.

PIERRE. — Oui. Sans discuter, tout d'une voix, par acclamation, l'on a rendu justice à notre loyauté. Les deux sociétés se sont entendues. Au lieu d'un concours il y aura l'organisation d'une grande école d'architecture, de trait, de géométrie, d'ornements, de modelage, commune à tous, et Jules et moi nous en serons les professeurs. Les autres compagnons experts dans la partie viendront nous seconder. Nous mettrons toutes nos connaissances au service de tous nos frères; nous établirons une vaste mutualité ; nous formerons une multitude d'élèves; nous décernerons des prix aux plus vaillants, aux plus capables, et des concours pacifiques, bien réglés, arriveront plus tard (1).

JULES. — Et Gavots et Dévoirants sont dans la joie. Tout se rapproche, tout se donne la main... C'est une ère nouvelle.... Mais voilà Tulle-la-Rigueur !... C'est un savant... peut-être serait-il mon maître sur le trait...

(1) Les Compagnons ont toujours eu des écoles de dessin plus ou moins étendues, ont toujours produit des chefs-d'œuvre, poussé à l'émulation, formé de savants ouvriers, et cela dans tous les Devoirs. Rendons-leur à cet égard une éclatante justice.

Il est riche d'expérience, il est ponctuel à son service, c'est un intrépide travailleur... Il sera, je l'espère bien, l'un des plus solides appuis de notre immense école... Tulle, c'est au nom du grand roi Salomon, qui nous regarde de là-haut, que je vous tends la main.

TULLE. — Au nom du grand roi Salomon, je ne puis rien refuser... Voilà ma main, Ami-du-trait, et je vous la donne de bon cœur. (A part.) Ce jeune homme n'est pas méchant; il m'a désarmé; il me donne des remords... J'ai eu des torts à son égard. Mauvais gueux que je suis, va. (Il se frappe la poitrine.)

PIERRE. — Et le Picard !... C'est un bon ouvrier, plein de complaisance... Et nous ne sommes pas prêts de nous séparer les uns des autres... Allons! la main! camarade.

PICARD. — Je n'ai garde de refuser... Enchanté !... Je suis à vous... Disposez de moi; à la vie à la mort! (A part.) Avec ça il me coupe l'herbe sous les pieds. Je n'aurai pas Rose, c'est décidé. Petit gredin, va !... Mais Jeanette n'est pas mal ; pas mal ? que dis-je! elle est fort bien. Et puis, elle a des écus, et ça nous servira. J'arrive tout de même à mes fins, et je suis très-content ! très-content ! (Il se gratte la tête.)

LAMICHE. — Que dit là le Picard ?

PICARD. — Que je suis très-content.

LAMICHE. — A la bonne heure!... Mes amis, voici M. Bernard, marchant la tête basse... Une idée me vient. Que tous ceux ici présents, excepté Jules et les compagnons de Liberté, s'éloignent un moment. Ami-du-trait, passez derrière vos camarades. (Les compagnons du Devoir se retirent dans les arbres du fond.)

## SCÈNE XIV.

LAMICHE, JULES, COMPAGNONS DE LIBERTÉ, BERNARD, entre à gauche.

LAMICHE. — M. Bernard, regardez ces hommes-là... Les reconnaissez-vous?

BERNARD. — Ce sont les compagnons du Devoir de Liberté, les enfants du grand roi Salomon! Ils me rappellent ma jeunesse, et leur présence me fait du bien.

LAMICHE. — Ils vous ramènent votre fils rébabilité, sublime de réputation.... Quand une société si sévère lui rend son estime, quand tous ceux qui l'avaient méconnu confessent leur erreur, quand chacun est fier de lui donner le titre d'ami, est-ce que son père seul voudrait le repousser? Ce serait s'écarter des principes de sagesse du grand fondateur.

BERNARD. — Où est mon fils! où est mon fils!

LAMICHE. — Jules! avancez.

JULES. — Mon père!

BERNARD. — Mon fils! (Ils se précipitent dans les bras l'un de l'autre et pleurent de joie.)

## SCÈNE XV.

LES PRÉCÉDENTS, ROSE accourant par le fond.

LAMICHE. — Mais voici bien à propos mademoiselle Rose! Mademoiselle, venez ajouter à notre bonheur... Votre père et votre frère vous sont rendus.

ROSE. — O mon père!

BERNARD. — O ma fille! (Ils s'embrassent.)

ROSE. — Mon frère!

JULES. — Ma sœur! (Ils s'embrassent, la joie est générale.)

LAMICHE. — Monsieur Bernard, les enfants de Salomon et les enfants de maître Jacques sont tous des hommes et tous des frères, et, si j'étais que de vous, mon fils et ma fille suivraient librement leurs inclinations; je célébrerais un double mariage.

BERNARD. — Halte-là, Lamiche; tu vas trop loin... Mes amis, compagnons d'un Devoir que j'aime, venez tous à la maison... J'ai retrouvé mes enfants. Allons vider quelques bouteilles et célébrer l'événement qui me rend heureux.

UN ANCIEN COMPAGNON. — Avec plaisir, monsieur Bernard! Avec plaisir! (Signe d'assentiment de tous. Ils sortent à droite.)

## SCÈNE XVI.

### LAMICHE.

Allez ! allez ! braves gens... moi je reste. Ne l'avais-je pas dit que sur le Tour de France j'aurais été apôtre ? Quelle mission m'échoit aujourd'hui ! Qui eût osé l'espérer ? Mais je me sens grandi de dix coudées ! Je ne me reconnais plus moi-même... Je suis tout autre. Il est donc vrai que bien souvent ce sont les événements, les situations, les circonstances qui forment les hommes. Moi, pauvre diable, qui tant de fois ai ri de mon chétif individu, j'avais peut-être l'étoffe d'un général ou d'un grand ministre,... qui sait ? Mais je vois revenir les compagnons du Devoir et Pierre avec eux.

## SCÈNE XVII.

### LAMICHE, PIERRE, COMPAGNONS DU DEVOIR.

LAMICHE. — Mes pays, M. Bernard vient d'accueillir son fils ; mademoiselle Rose est aussi rentrée dans ses bonnes grâces. Maintenant il est en fête avec les compagnons ses amis. Pierre que voilà est redevenu votre camarade ; mais il faut le rendre à son père, c'est une tâche digne de vous.

UN COMPAGNON. — Nous avons rendu toute notre confiance à Pierre-le-Bordelais, et notre société nous a délégués pour le servir auprès de son père, que nous allons trouver de ce pas. Mais nous serions heureux aussi de le voir obtenir la main de la sœur de l'Ami-du-trait. Nous ne rêvons plus que paix, union, fusion, et la masse des nôtres, que nous avons laissée en séance, se préoccupe en ce moment des plus hautes questions touchant au présent et à l'avenir du compagnonnage. Une imposante manifestation aura lieu aujourd'hui indubitablement.

LAMICHE. — Vous n'irez pas bien loin pour trouver M. Jaillet. Il arrive tout pensif... Je vais au devant de lui. Attendez.

## SCÈNE XVIII.

#### LES PRÉCÉDENTS, JAILLET, entre à droite.

LAMICHE. — Bonjour, monsieur Jaillet.

JAILLET. — Bonjour... C'est donc encore toi?

LAMICHE. — Moi-même. Savez-vous que votre fils a diablement du talent? On ne parle que de lui dans la ville.

JAILLET. — Oui; pour son malheur et pour le mien.

LAMICHE. — Sa société, un moment abusée, lui a rendu toute son estime.

JAILLET. — Tu veux me tromper... Laisse-moi m'éloigner bien vite.

LAMICHE. — On ne passe pas.

JAILLET (en colère et très-fort). — Comment! On ne pas!...

LAMICHE. — Calmez-vous, et tournez la tête de ce côté. Les voyez-vous, les reconnaissez-vous ces glorieux enfants de maître Jacques?

JAILLET. — Oui! oui! Ce sont eux...

UN COMPAGNON. — Nous vous ramenons votre fils. Il n'a jamais trahi, jamais aucune mauvaise pensée n'a effleuré son cœur. Nous lui avons rendu toute notre affection. Il est digne de son père, digne de maître Jacques; il fait la gloire de notre société. Pierre, venez ici. Monsieur Jaillet, je vous le présente.

JAILLET (ouvrant ses bras). — Viens! viens, mon fils.

PIERRE. — Mon père! (Ils se jettent dans les bras l'un de l'autre. Pierre pleure de joie, son père sanglote. Il se calme peu à peu.)

## SCÈNE XIX.

#### LES PRÉCÉDENTS, LOUISE accourant par le fond.

LAMICHE. — Mademoiselle Louise, vous arrivez bien... Voilà votre père et votre frère... C'est l'instant le plus doux.

LOUISE. — Père! frère! je vous retrouve unis... Que je suis heureuse!... (Elle se jette dans leurs bras tour à tour.)

JAILLET.—Ma fille! ma fille!... Non, non, plus d'émotion. Enfants de maître Jacques! suivez-moi dans ma demeure et que la gaieté fasse oublier la douleur. (Signes d'assentiment de tous les compagnons. Ils s'en vont à gauche.)

LAMICHE (regardant le public). — Et le mariage! et le mariage! Comment l'obtiendrons-nous? (Il se retire par le fond.)

FIN DU QUATRIÈME ACTE.

---

# ACTE CINQUIÈME.

## SCÈNE PREMIÈRE.

### JAILLET.

La situation est moins tendue. Mon fils a repris son rang dans la société. Chacun rend hommage à sa probité, à son intelligence... Mais, il veut épouser la fille du Gavot.... cela ne se peut pas. Devoirants et Gavots sont deux familles opposées, grimaçant l'une contre l'autre, et il n'est pas possible de mêler leur sang. Je sais que mademoiselle Rose est une bonne fille, que mon fils serait heureux avec elle, qu'elle aurait pour moi toutes sortes d'attentions... Mais, c'est la fille d'un Gavot. Et l'Ami-du-trait qui veut épouser ma Louise, qui de son côté ne paraît nullement disposée à le repousser... A-t-on jamais vu des choses semblables! Vraiment je n'y comprends plus rien; je suis abasourdi... Que doit dire là-haut l'ombre du grand maître Jacques?... Non, non, ce double mariage ne se fera pas; je m'y oppose formellement... Je sais que Bernard, quoique Gavot, est un honnête homme; je suis bien forcé d'en convenir! Je sais que ses enfants ont une excellente réputation et qu'ils la méritent; mais, ils sont ses enfants, enfants de mon adversaire, et voilà le mal. Ce n'est pas tout, est-ce que le fils n'est pas Gavot lui-même, et un Gavot redoutable, qu'on a trouvé tout disposé à lutter de toute sa puissance contre mon devoir! N'y pensons plus, et soyons fermes. Ah! ils auront beau faire, ces enfants irréfléchis, ils peuvent gémir, pleurer, se lamenter, mon cœur sera de marbre, et ils ne l'attendriront pas... Ce que c'est que la vie! Que de luttes, que de tribulations pour la pauvre race des hommes... Je me sens le cerveau fatigué... Allons nous promener un peu dans la campagne... Respirons à notre aise... Cela me fera du bien... Mais que sont ces trois individus que je vois arriver par-là... Ils me regardent en ricanant... Ils me sont bien suspects.

## SCÈNE II.

JAILLET, TROIS INDIVIDUS MAL FAMÉS, entrant par le fond.

1er INDIVIDU. — Eh! vieux hibou... qu'avez-vous à marmotter là tout seul? Ne seriez-vous pas un peu toqué?

JAILLET. — Ne soyez pas si insolents et passez votre chemin.

2me INDIVIDU. — Qu'est-ce que c'est? qu'est-ce que c'est? Vous osez nous insulter? Nous provoquer?

3me INDIVIDU.—Mais tapons dessus; apprenons-lui la politesse. (Celui-ci pousse Jaillet qui, très-vigoureux, le fait vivement reculer. Les deux autres se mettent de la partie.)

JAILLET. — Quoi! trois contre un!

1er INDIVIDU. — Tiens! tiens!

2e INDIVIDU. — Tiens, tiens, vieux masque.

JAILLET (frappé, roulé à terre). — Au secours! au secours! au secours!

## SCÈNE III.

LES PRÉCÉDENTS, JULES, entre à droite.

JULES (accourant vivement). — Quoi! un meurtre? un meurtre? (Il tombe sur les individus, combat bravement, les met en fuite, les poursuit par le fond du théâtre.)

## SCÈNE IV.

### JAILLET, JULES, LAMICHE, entre à droite.

LAMICHE (accourant). — Eh! mon Dieu! Qu'est-ce que je vois... (Il relève Jaillet.)

JAILLET (montrant Jules qui revient et est encore éloigné). — Sans ce brave jeune homme j'étais assassiné... Je lui dois la vie... Viens! viens que je t'embrasse. (Il l'embrasse.) Eh! mais... c'est le fils du Gavot... (Il reste saisi, le repousse. Reste un moment incertain. Puis il l'attire à lui et l'embrasse une seconde fois.)

LAMICHE. — Oui, c'est Jules Bernard, c'est l'Ami-du-trait,... un brave garçon. Monsieur Jaillet, vous n'êtes pas fâché, j'espère, de l'avoir pressé sur votre cœur?

JAILLET. — Dieu m'en garde! Il est mon sauveur.

LAMICHE. — Oui; et il aime votre fille; il est digne d'elle... Laissez-vous aller à votre bonne nature.

JAILLET. — Quel dommage qu'il soit Gavot...

LAMICHE. — Il faut vaincre de fâcheux préjugés, aimer tout ce qui est aimable, et ne point craindre de nous lier aux braves gens.

JAILLET. — Jules! ta main!... Je t'ai de l'obligation; je ne t'oublierai jamais, et je souffre de ne pouvoir t'admettre dans ma famille : mais nous serons deux amis.

LAMICHE. — Vous êtes tout défait, monsieur Jaillet... Allons nous remettre un moment, et puis nous reverrons notre ami Jules.

JULES. — Lamiche, mon ami! je compte sur vos bons offices.

LAMICHE. — Est-il besoin de le dire? Mais je vois venir votre père la figure toute pâle... Il y a eu du nouveau... je serai bientôt de retour. (Ils sortent à gauche.)

## SCÈNE V.

### JULES, BERNARD, entre à droite.

JULES. — Mon père, que vous est-il donc arrivé?

BERNARD (avec émotion). — Les jours de gala sont parfois des jours de malheur. Le feu vient de prendre à

4

notre maison... Ce n'étaient que cris, que désolation, que signe d'épouvante, et l'action de nos gens restait sans direction et sans efficacité... je croyais tout perdu. Arrive un tout jeune homme, qui donne des ordres avec autorité,... qui va, vient, monte, descend, déploie du sang-froid, une audace infinie;... communique à tous son courage, son activité, et en un moment il se rend maître de l'incendie... Après avoir prodigué sa parole, ses efforts, sa vie, et tout danger ayant cessé, ce jeune homme disparaît; il se sauve comme s'il avait commis une mauvaise action. Je fais courir après, on me le ramène, je lui saute au cou, je l'embrasse, je le serre dans mes bras... Mais juge de mon étonnement!... c'était le compagnon du Devoir, le fils Jaillet, ton adversaire.

JULES. — Et vous l'avez embrassé?

BERNARD. — Oui, oui... et j'ai recommencé de plus belle après l'avoir reconnu.

JULES. — C'est très-bien!

BERNARD. — Ça te va donc?

JULES. — Sans doute. Sachez que son père vient aussi de me presser sur son cœur.

BERNARD. — Se peut-il? Raconte-moi le fait.

JULES. — Tout de suite...

## SCÈNE VI.

**JULES, BERNARD, JAILLET** arrivant à grands pas par le côté gauche.

JAILLET (avec vivacité). — Bernard! Bernard! je viens vous féliciter de votre fils... Il m'a sauvé de l'attaque de trois scélérats... Il s'est battu pour moi comme un lion... je lui dois la vie.

BERNARD. — Et moi ma maison à votre fils... il a fait des prodiges; c'est un héros... sans lui j'étais dévoré par les flammes, ruiné... Et qui peut calculer toutes les conséquences d'un sinistre? Quel malheur que le Devoir nous sépare et qu'il ne nous soit pas permis de faire le bonheur de nos enfants!... Si cependant nos deux sociétés venaient à s'unir, pourquoi ne ferions-nous pas comme elles? Si Salomon et maître Jacques les autorisent, non, non, ils n'auront aucune bonne raison pour nous refuser la même faveur.

JAILLET. — Attendons, attendons, Bernard; le ciel en décidera.

JULES. — Le ciel sera propice! nous triompherons!

## SCÈNE VII.

LES PRÉCÉDENTS, LAMICHE, très-élégant, entrant par le fond.

LAMICHE. — Les compagnons menuisiers, Gavots et Devoirants, marchent en colonne, portant bannières déployées, leurs cannes frappant le pavé, leurs couleurs balancées par les zéphyrs... Ils ont au côté des bouquets d'immortelles, dans les mains des rameaux d'olivier, de buis, de chêne, et tout cela est du plus bel effet. Pierre est avec les siens, décoré de rubans; Tulle-la-Rigueur, contre son habitude, sourit gracieusement et paraît vivre d'une vie nouvelle. Picard lui-même s'intéresse à ce qu'il voit, il y prend part, et une flamme d'en haut semble avoir touché son esprit et réchauffé son pauvre cœur. Tout s'élève, tout s'ennoblit, tout devient grave et beau. Ami-du-trait, j'apporte vos rubans; les voilà. Père Bernard, père Jaillet, j'ai aussi les vôtres. Ils sont un peu fanés... n'importe, il faut vous en décorer... et dépêchons-nous... Entendez-vous les chants qui retentissent au loin?

## SCÈNE VIII.

LES PRÉCÉDENTS. Bientôt, PIERRE, TULLE, PICARD, 1er COMPAGNON, 1er EN VILLE, LE BON-CHANTEUR, ROULEURS, COMPAGNONS menuisiers des deux sociétés, avec cannes, couleurs, bannières, attributs divers; entrée par le fond.

CHŒUR, dans le lointain.

« Ah! qu'ils sont fous sur terre
De se faire la guerre,                          } bis.
Tandis qu'ici chacun se traite en frère. }

### LE BON-CHANTEUR.

« Mais ce qui me frappa le plus,
Ce fut une guinguette
Où chacun, en goguette,
Déclamait contre les abus
Du Tour de France.
Dieu ! quand j'y pense !
Tous les acteurs, dans une salle immense,
Bénissant l'arrêt du destin,
Chantaient en se donnant la main,
Tous les Devoirs et ce sage refrain :

### CHŒUR.

« Ah ! qu'ils sont fous sur terre
De se faire la guerre,      } bis.
Tandis qu'ici chacun se traite en frère(1). »

(Les compagnons entrent en colonne, en chantant, sur deux rangs, l'un composé de compagnons du Devoir, l'autre de compagnons de Liberté. Le 1er compagnon et le 1er en ville marchent chacun en tête du rang qui est le leur. Les rouleurs sont un peu sur le côté de la colonne et veillent à l'ordre de la marche. Les deux rangs s'ouvrent, l'un prend à droite, l'autre à gauche de la scène et se trouvent face à face. Les précédents sont sur le devant, un peu de côté.)

LE 1er COMPAGNON (en avant de son rang, vis-à-vis le 1er en ville). — Aujourd'hui, mes chers pays, nos sociétés se réconcilient, les haines séculaires sont foulées sous nos pieds, et il en était plus que temps. Le compagnonnage, vieux comme le monde, a traversé les siècles et les contrées diverses de la terre sous l'autorité des principes les plus larges de tolérance et de fraternité. Mais des crises terribles devaient nous éprouver. Nous construisions, tous ensemble, les tours de la cathédrale d'Orléans en 1401; la discorde souffla sur nous, et nous nous partageâmes en deux camps (2). D'un

_____

(1) Extrait de *Mon voyage dans l'autre monde*, la dernière chanson de Vendôme-la-Clef-des-Cœurs.
(2) Le Compagnonnage est bien vieux; il resta longtemps dans son unité. Ce fut à Orléans, en 1401, qu'il se partagea en deux camps hostiles et que se formèrent les Gavots et les Devoirants. J'ai traité de cette révolution parmi les artisans dans la *Question vitale sur le Compagnonnage et la classe ouvrière*, ouvrage publié en 1861. J'y renvoie le lecteur désireux de s'éclairer à fond à cet égard.

côté l'on invoqua Salomon, de l'autre Jacques et Soubise. Ceux-là continuèrent à admettre tous les cultes et
les ouvriers de toutes les nations, mais, comme par le
passé, ils se renfermèrent dans les corps du bâtiment ;
ceux-ci repoussèrent tout ce qui n'était pas catholique,
mais ils ouvrirent leur sein à de nombreux métiers. Qui
l'emportait dans un sens, qui l'emportait dans un autre ? On se livra tous à de grands travaux, on éleva par
toute la France de magnifiques monuments. Mais fata-
lement séparés, jaloux, excités par un mauvais génie,
combien de batailles furent livrées entre les deux camps
ennemis... La lumière se fait à la fin, un nouveau jour
se lève à l'horizon, et ceux qui ne firent qu'un dans le
passé renouent les liens les plus doux et contractent
une indissoluble alliance. Quelle belle chose que la
réconciliation ! Bénissons ce grand jour et que des fêtes
annuelles le consacrent à jamais.

LE 1er EN VILLE.—Je partage, pays et amis, les vues
du chef des compagnons du Devoir de Liberté, et ma société m'autorise à lui tendre la main et à signer le pacte
d'alliance. Plus de concours malveillants et des villes
en jeu, mais une salle d'étude commune à tous ; Aspirants et Affiliés travaillant à côté de leurs anciens, Bordelais-l'Ami-du-trait et Pierre-le-Bordelais profes-
seurs-directeurs, Tulle-la-Rigueur et d'autres compagnons leur venant en aide. Oui, formons des élèves,
excitons au travail. Que les pères dont les fils sont sur
le Tour de France aient la certitude que leur temps
n'est pas perdu et qu'ils reviendront savants au pays
natal. Faisons la guerre à l'ignorance, à l'abrutisse-
ment ; relevons le moral des masses ; inspirons la con-
venance, la dignité à tout ce qui nous entoure ; traçons
à l'ouvrier la route qui doit le conduire au bien et assurer son avenir. Soyons les artisans les plus dévoués des
plus saints progrès de la France et du monde. L'idée
a circulé, a pénétré partout ; les métiers les plus divers s'associent avec amour à nos principes civilisa-
teurs, et ces mots : union, réconciliation, fusion, retentissent partout. Notre seul projet de réunion a ému
toute la ville. Quelque chose qui tient, par sa rapidité,
de l'étincelle électrique, a frappé toutes les oreilles, des
foules d'hommes s'agitent, se consultent, cèdent à l'en-

4.

traînement, et bientôt des groupes nombreux, représentant des multitudes, viendront se joindre à nous. Que tout s'unisse, que tout fraternise, et, inspiré par une grande idée, par un fait éclatant, unissons nos voix, et qu'un chant grandiose s'élève jusqu'au trône de Dieu. Le bon-chanteur, faites-vous entendre; tous vos frères sont là.

### LE BON-CHANTEUR.

#### AIR nouveau.

Il fut un seul Compagnonnage,
Studieux, beau, hardi, puissant ;
Il voyageait avec courage,
Déployant et force et talent.
C'était la cohorte ouvrière,
L'aimant de tous les nobles cœurs,
Portant une seule bannière,
Abritant tous les travailleurs.

#### CHŒUR.

Amis, plus de sang, plus de guerre,
De Dieu respectons les faveurs ;
Il nous fit pour orner la terre,
La paix, la paix, unissons nos couleurs.

### LE BON-CHANTEUR.

Un jour des scissions éclatèrent,
D'un camp se forma plusieurs camps,
Et les Compagnons invoquèrent
Des chefs, des codes différents.
D'abord on lutta de science,
Pour arme on avait les talents,
Et l'on vit sur un sol immense
Surgir de nombreux monuments.

#### CHŒUR.

Amis, plus de sang, etc.

### LE BON-CHANTEUR.

Mais cette fougue souveraine,
Cette extrême émulation,
Enfanta l'envie et la haine,
Troubla le cœur du Compagnon.
Ce fut un règne de colère...
Confusion, trouble en tous lieux ..
Le frère méconnut son frère...
Au ciel pleurèrent nos aïeux.

### CHŒUR.

Amis, plus de sang, etc.

### LE BON-CHANTEUR.

Ouvriers sur bois, fer ou pierre,
Compagnons de tous les états,
Poussèrent un long cri de guerre...
Partout des meurtres, des combats.
Le cerveau perdit sa puissance,
Dans nos rangs souffla la fureur,
Et sur tous les points de la France
Chacun déplora notre erreur.

### CHŒUR.

Amis, plus de sang, etc.

### LE BON-CHANTEUR.

Remontons à notre origine,
Soyons dignes de nos aïeux ;
Compagnons de la Palestine,
Marchons à la clarté des cieux.
Aimons-nous bien sur cette terre,
Propageons la fraternité,
Et notre France, illustre mère,
Sera dans la félicité.

### CHŒUR.

Amis, plus de sang, plus de guerre.
De Dieu respectons les faveurs ;
Il nous fit pour orner la terre,
La paix, la paix, unissons nos couleurs.

BERNARD. — Que c'est beau ! que c'est beau ! que je me sens heureux ! Que j'aime tous ces braves jeunes gens.

JAILLET. — Oh ! mon Dieu ! que se passe-t-il donc en moi ? Je ne suis plus le même homme... Les Gavots sont devenus mes frères... Le ciel est descendu dans mon cœur... Jules ! Jules ! ta main !

BERNARD. — Pierre, viens ici... ta main dans ma main.

## SCÈNE IX.

LES PRÉCÉDENTS, LAMICHE, qui était sorti au milieu du dernier chant, revient en tenant ROSE d'une main et LOUISE de l'autre; elles sont parées; celle-là porte l'écharpe bleue et celle-ci l'écharpe rouge. MADAME BERNARD et MADAME JAILLET suivent; JEANNETTE vient après.

LAMICHE.—Monsieur Bernard, je vous amène Rose... Il vous reste une main de libre... La voilà. Monsieur Jaillet, voici Louise... Je vous la remets .. Madame Bernard, madame Jaillet, venez, venez; placez-vous ici,... à côté de vos belles demoiselles, et que vos cœurs soient en joie.

LE 1er COMPAGNON. — Ce jour, ce grand jour éclaire l'alliance de M. Bernard et de M. Jaillet, de Pierre-le-Bordelais et de Bordelais-l'Ami-du-Trait, des Gavots et des Devoirants, des compagnons du Devoir et des compagnons du Devoir de Liberté... Qu'il soit à jamais béni... Premier-en-ville, donnez-moi votre main.

LE 1er EN VILLE. — La voilà, et le cœur avec.

BERNARD. — Pierre, Rose, je vous unis.

MADAME BERNARD (joignant les mains). — Oh! quel bonheur!...

JAILLET. — Jules, Louise, soyez mes enfants, et ne cessons jamais de nous aimer.

MADAME JAILLET ( élevant ses bras vers le ciel ). — Que je suis heureuse!

LAMICHE. — Tout n'est pas fini. Jeannette, venez... Picard, avancez... Donnez-moi votre main... Vivez en paix.

JEANNETTE. — Cette fois je te tiens.

PICARD. — Je suis à toi... Ne te l'avais-je pas toujours promis, ma mignonne?

JEANNETTE. — Mais si, mon mignon.

LE 1er EN VILLE. — J'entends un bruit de marche, de tambours, de cors, de clairons, de musique, et puis des chants. Ce sont les Tailleurs de Pierre, les Charpentiers, les Serruriers, vingt autres corps qui viennent se joindre à nous, partager notre allégresse, et lier le nœud de la fraternité... Écoutons... (Chants dans le lointain.)

## SCÈNE X.

LES PRÉCÉDENTS, CORPS NOMBREUX DE COMPA-GNONS. Entrée par le fond.

( Ceux qui marchent en tête portent un autel sur lequel on voit les bustes des trois fondateurs, Jacques, Soubise et Salomon, celui-ci au milieu et le plus élevé... L'image de l'Être éternel plane sur tout. L'autel est orné de chefs-d'œuvre des métiers, de branchages, de fleurs, de rubans, d'équerres, de compas, de quelques plans. L'autel est déposé sur le milieu de la scène (1). Les groupes de compa-

(1) Extrait d'un article du *Siècle*, nº du 7 janvier 1862 :

« Au milieu d'un champ, dans un aimable paysage, sous un doux rayon de soleil, dressons l'autel de la fraternité, servant de piédestal aux bustes de Salomon, maître Jacques, maître Soubise, et, au-dessus d'eux tous, plaçons l'image du Dieu de l'univers, le père de tous les hommes. Que les Compagnons de tous les métiers, avertis, convoqués, en ayant délibéré, arrivent en colonnes, ornés de rubans, portant des rameaux dans les mains, précédés de leurs chefs, de leurs rouleurs, les bannières déployées, sur lesquelles on pourra lire les noms de chaque corporation et des devises fraternelles. Qu'avec les jeunes Compagnons soient les vieillards; que les affiliés, que les aspirants, que les apprentis prennent part à ce grand mouvement. Que l'autel de la fraternité soit entouré par les foules ; qu'un grand silence s'établisse, que des paroles généreuses, divines s'il se peut, aillent frapper à toutes les oreilles, s'imprimer dans tous les cerveaux; que des chœurs organisés, exercés, préparés d'avance, chantent l'union, la concorde, le dévouement, tout ce qui est grand, tout ce qui est bon, et que nos chauds élans s'élèvent jusqu'au ciel; que l'harmonie des voix et des instruments mette toutes les âmes, tous les cœurs, tous les esprits à l'unisson. Il faut des serrements de mains, d'ardentes embrassades, et que tous les enfants de Dieu soient frères devant Dieu.

« Faut-il que notre accolade sous la voûte du ciel se trouve suivie d'une modeste collation? Soit. Faut-il que nos femmes, nos fils, nos filles, nos parents, nos dévoués amis, viennent s'unir à nous dans un bal champêtre? Soit. Oui, oui, cimentons l'union, et que tous ceux qui portent un cœur généreux se réjouissent de notre bonheur.

« AGRICOL PERDIGUIER. »

Le fragment ci-dessus, et l'ensemble de la scène que nous représentons avec ses chants, avec ses discours, doivent servir de modèles aux grandes fêtes du Compagnonnage sur tout le Tour de France. Pour nous compléter à cet égard et pour donner la physionomie de tous nos personnages, nous avons fait imprimer la lithographie intitulée: *La réconciliation des Compagnons*. Elle donne l'ensemble de la grande scène et la masse des Compagnons de tous les Devoirs avec leur tenue et insignes. Les airs des chants exécutés là sont imprimés dans le cahier nº 2 des *Chansons nouvelles du Tour de France*.

gnons de chaque état arrivent en colonnes, se placent en demi-cercle sur les côtés et dans le fond du théâtre. Un membre délégué de chaque groupe vient déposer sur l'autel une branche d'olivier et des immortelles. Ces délégués se placent autour de l'autel et se donnent la main. Chaque corps de métier porte les couleurs qui lui sont propres, les cannes, des immortelles au côté, la branche d'olivier à la main. Chaque groupe est précédé de sa bannière. Les bannières portent les noms de chaque état, plus des inscriptions telles que celles-ci : « tous les devoirs réunis ; — devoir et liberté ; — l'union fait la force ; — amour et fraternité ; — à l'union de tous les corps ; — au progrès général ; — au triomphe de l'humanité, etc. , etc. Les rouleurs sont très-occupés à placer tous les compagnons dans l'ordre convenable. Les principaux personnages sont sur le devant de la scène. Le chant qu'on a entendu dans le lointain, qui se poursuit pendant que tous les compagnons se placent, et qui se continue encore un moment après, le voici :)

### CHŒUR.

AIR nouveau.

Que nos joncs battent la mesure,
Que nos couleurs flottent au vent ; *bis.*
Amis des arts, de la nature,
En avant, frères, en avant.

### UN CHANTEUR.

Devant nous serpente la route,
Nous avançons d'un pas hardi,
Du ciel nous contemplons la voûte,
Et nous marchons vers l'infini.
Pour nous les brises parfumées,
L'éclat des plus vives couleurs,
Des rossignols les voix aimées,
Du printemps toutes les primeurs.

### CHŒUR.

Que nos joncs, etc.

### UN CHANTEUR.

Nous foulons le roc, la poussière,
Les champs battus, les verts gazons
Nous poursuivons notre carrière
En gais et braves Compagnons.

Nous vivons les uns pour les autres,
Le travail nous donne du pain,
De l'art nous sommes les apôtres,
Et nous servons le genre humain.

### CHŒUR.

Que nos joncs, etc.

### UN CHANTEUR.

Nos bras taillent le bois, la pierre,
Façonnent le fer, les métaux ;
Rien n'est étranger sur la terre
A nos esprits, à nos travaux.
Ennemis de tout esclavage,
Venus du Nord ou du Liban,
Nous sommes le Compagnonnage,
L'asile du peuple artisan.

### CHŒUR.

Que nos joncs, etc.

### UN CHANTEUR.

Portons sur les deux hémisphères
Notre principe fraternel ;
Répandons partout des lumières,
En vrais enfants de l'Éternel.
Que tous les préjugés périssent,
Du mal détruisons le levain,
Que tous les nobles cœurs s'unissent...
Le règne d'amour est prochain.

### CHŒUR.

Que nos joncs battent la mesure,
Que nos couleurs flottent au vent ; } bis.
Amis des arts, de la nature,
En avant, frères, en avant.

LA FRANCHISE-DE-GRENOBLE (sur la marche de l'autel).
— Pays, coteries, frères menuisiers, agités par les événements de ce jour, d'abord si tristes, ensuite si tou-
chants et si émouvants, et partageant les vues généreuses
de vos deux associations trop longtemps ennemies, nous
sommes venus nous joindre à vous. Oui, frères du Tour
de France, le temps a marché, et tailleurs de pierre, charpentiers, menuisiers, serruriers, charrons, bourreliers,
tanneurs, maréchaux, tous les corps de maître Jacques,
du père Soubise, du roi Salomon, nous saurons nous

honorer mutuellement, et, en outre, porter notre sympathie sur tous les travailleurs, sans aucune exception.

Autrefois la terre était inculte, couverte de forêts, de ronces, de bruyères, de plantes parasites, d'eaux stagnantes, de monstres rugissants, de reptiles, d'insectes venimeux, et un vent pestilentiel soufflait sur elle : c'était une sorte de chaos. L'homme parut, la défricha, la parcourut, la transforma, la purifia... Sa main laissa partout son empreinte... Cette vaillante main, que la pensée conduisait, tira de la carrière le monument, du caillou minéral les plus solides outils, de l'arbre gigantesque les combles, les appuis de tous les étages, les fermetures, les meubles, les magnifiques boiseries ; de l'herbe à haute tige, du poil de la bête, du fil d'un ver robuste, du fruit d'un généreux végétal elle tira les laines, les soies, les étoffes, les tissus les plus modestes, les plus riches, les plus variés. Un grain sec nous donna le pain, un grain humide nous donna le vin ; mille produits nous arrivèrent de toutes parts... Les transformations furent infinies, et toujours, toujours ! tout se métamorphose, tout s'embellit, tout se bonifie sous la main de l'homme. C'est cette main ! cette énergique main qui laboure la terre, la remue sans cesse, la couvre de moissons, de vignobles, de vergers, de jardins, de prairies, de routes, de canaux, de ponts, de bourgs, de villes imposantes ; c'est d'elle que s'échappent ces puissantes locomotives, monstres énormes, soufflants, mugissants, sillonnant l'espace, traînant des foules à leur suite, et rendant voisin tout ce qui vit sur le même continent ; c'est elle qui lance à la mer le navire audacieux, maison flottante, qui va bravant les fureurs de l'onde et les tempêtes du ciel et relier entre eux tous les peuples du globe. Glorifions le travail, qui a donné tant de merveilles, qui découvre incessamment, et vient encore créer après Dieu.

Que tous les travailleurs soient frères ; mais gardons-nous d'être exclusifs. Nous travaillons, mais combien d'autres hommes travaillent comme nous, autant que nous... Honneur à l'astronome, au chimiste, au physicien, au géomètre, au savant, à l'artiste inspiré, au zélé professeur, à l'austère magistrat, à tout ce qui nous éclaire, à tout ce qui nous élève, à tout ce qui nous sert et nous aime. Celui-là travaille des bras, celui-ci travaille du cerveau, et ses fatigues égalent bien les nôtres, n'en doutez pas; c'est donc aussi un travailleur. Honneur à tout homme qui consacre ses efforts au progrès de la lumière et du bien sur la terre...

Travailleurs, compagnons, amis de l'humanité, quel bonheur de nous voir réunis en corps si nombreux!... Que nos cœurs battent à l'unisson, que nos pensées touchent aux plus hautes sphères, concevons tout ce qui est grand, tout ce qui est juste, embrassons le monde et tous les êtres dans notre immense amour... Donnons-nous tous la main, soutenons-nous comme les enfants d'un même père;... formons une vaste famille, pratiquons la mutualité, la tolérance, la bienfaisance, et ne sortons jamais des voies de la justice. Pensons que le peuple et Dieu nous regardent, et gardons-nous de démériter jamais. Mes amis, mes frères, unissons nos voix, et, tous ensemble, élevons jusqu'au ciel des accents sortis du fond de nos cœurs.

### CHŒUR.

#### AIR nouveau.

Frères, Compagnons,
  Chantons, chantons
La paix, la fusion
Et la sainte union.
  Dieu nous bénit,
Le progrès nous sourit;
  Amis, amis,
Soyons à jamais unis.
Vive l'humanité
Et la fraternité!

### LE BON-CHANTEUR.

Après une longue tempête,
Le soleil luit au firmament;
La nature s'habille en fête,
Tout est calme, tout est puissant.
Là les gazons, les fleurs brillantes,
Des fruits suspendus aux rameaux,
Le ruisseau, ses rives charmantes,
Et puis le chant de mille oiseaux.

### CHŒUR.

Frères, Compagnons, etc.

### LE BON-CHANTEUR.

Entendez au loin la fanfare,
Voix de tambours, cors et clairons;
Ce jour, c'est le jour le plus rare,
C'est la paix entre Compagnons.
Ils viennent à travers la plaine,
Du haut des monts, de toutes parts,
Ayant mis fin à toute haine,
Avançant par groupes épars.

### CHŒUR.

Frères, Compagnons, etc.

### LE BON-CHANTEUR.

Ils sont là, grands comme le monde,
Ornés de rubans et de fleurs.....
Sur l'autel l'union se fonde
Sous les yeux des trois fondateurs.
Les cœurs battent dans les poitrines,
Les mains se serrent saintement;
L'écho fait parler les collines.....
Tout est bonheur, tressaillement.

### CHŒUR.

Frères, Compagnons, etc.

### LE BON-CHANTEUR

On laisse retomber dans l'ombre
Les temps arrosés par les pleurs,
On s'éloigne de la nuit sombre
Guidé par de saintes lueurs.
Pour nous tous, il n'est qu'un seul père,
Il nous accorde son amour.....
Faisons un jardin de la terre.....
Quel riche temps ! quel heureux jour !....

### CHŒUR.

Frères, Compagnons,
   Chantons, chantons
La paix, la fusion
Et la sainte union.
   Dieu nous bénit,
Le progrès nous sourit;
   Amis, amis,
Soyons à jamais unis.
Vive l'humanité
Et la fraternité !

(Tous les compagnons se pressent la main. Ceux du cercle

des délégués, près de l'autel, s'embrassent; le premier compagnon et le premier en ville en font autant. Les deux pères
de famille se tiennent pressés dans les bras l'un de l'autre.
A leur droite et à leur gauche, sur le même plan de la scène,
les mères et les nouveaux époux, se tenant par la main,
forment deux cercles. Picard tient Jeannette sous le bras et
hausse la tête en regardant fixement et se tenant très-raide.
Lamiche élève ses mains vers le ciel et semble remercier Dieu
du résultat d'une si belle journée. Tulle applaudit. Les couleurs, les branchages, les bannières s'agitent, un grand bruit
d'instruments se fait entendre... la toile tombe.)

FIN.

Imprimé par Charles Noblet, rue Soufflot 18.

# AVIS.

Ceux qui voudront s'éclairer sur le Compagnonnage devront jeter un regard sur mes prospectus, et même lire la note de la page 123 et 132 de la *Question vitale*, où il est question d'ouvrages de divers auteurs, et aussi de vignoles, de manuels, de livres d'instruction de toutes les sortes, avec leurs prix indiqués.

En lisant le *Livre du Compagnonnage,* ne pas perdre de vue que sa première édition a paru en 1839, qu'alors le Compagnonnage était encore à l'état de lutte, et que, voulant le transformer, pour le sauver dans l'avenir je dus lui dire ses vérités, même au risque de lui déplaire, parce que j'agissais en ami et non en courtisan. Dans ce livre je parle toujours au présent, et, pour me bien comprendre, il faut se transporter par la pensée au temps où il a été écrit. Plus tard je ferai un petit supplément, volume de notes, pour indiquer les changements qui se sont produits au sein de cette antique institution, pour rectifier mes erreurs lorsque j'en ai commis, et me compléter sur quelques points. A ce moment-là je ferai appel aux lumières de toutes les sociétés. Mais ne pas juger le tome I sans avoir bien lu le tome II. Le *Livre du Compagnonnage* est un livre de morale et d'instruction. L'auteur ne s'est proposé qu'un but en le publiant, la paix et le bonheur de la classe ouvrière.